近代文学叢書Ⅰ

すぽっとらいと

月

目次

イントロダクション

月

どれほど時代が変わっても、ただただそこで照らしていてくれるお月さま。そのお姿は、細くなったりまあるくなったりしながらそこにいて、私たちを優しい光で照らしています。

時代が変わっても、ただ静かに、人の『あわれ（あはれ）』を見つめ続けていてくれるような、そんな存在感に惹かれます。

夜という暗闇の中に輝く存在だからでしょうか、不思議なものとして畏怖されたり、逆に親しみを感じられたりと、ほんとうにさまざまな印象をあたえてくれるお月さま。

親しみといえば、わたしにとってお月さまは少し特別な存在でした。子供の頃の話ですが、その日にあった悲しい出来事をよく聞いてもらったものです。

だからでしょうか物語の中にお月さまが出てくると、おっ、と知り合いに出会ったような気持ちになります。

今でも一日の終わりころにはお月さまを探して、そのたたずまいから思い起こさせてくれる『静寂』で心を静めます。

皆さまにとってのお月さまはどのような存在でしょうか。
写真におさめたお月さまの姿からは何を感じていただけるのか、それも楽しみです。
収録にあたって、時代などにあまり捉われないように物語を選んでみました。
これまで読む機会がなかった物語や作家と新しく出会うきっかけになれば幸いです。

近代文学叢書　編集長　なみ

月の情景

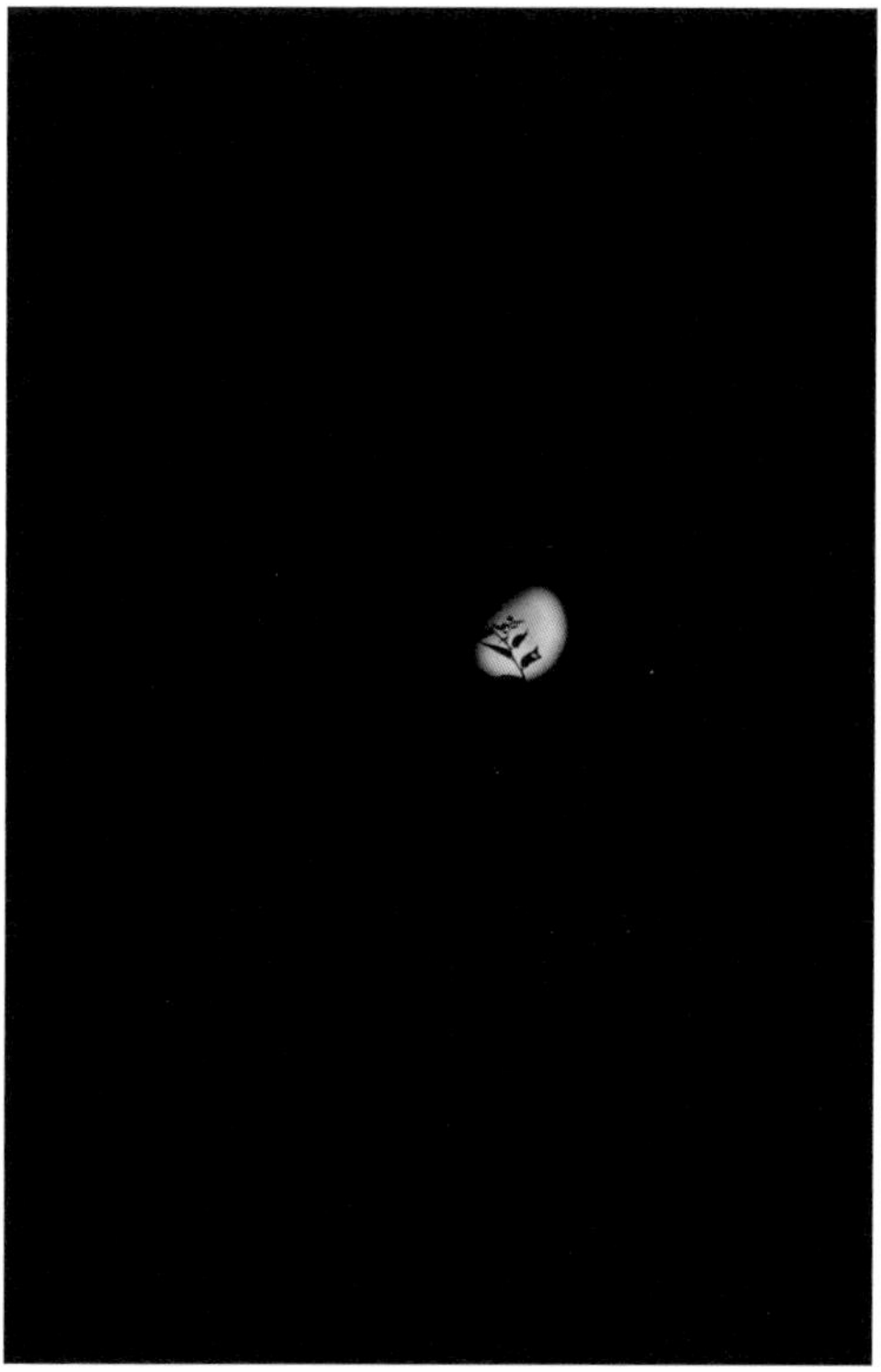

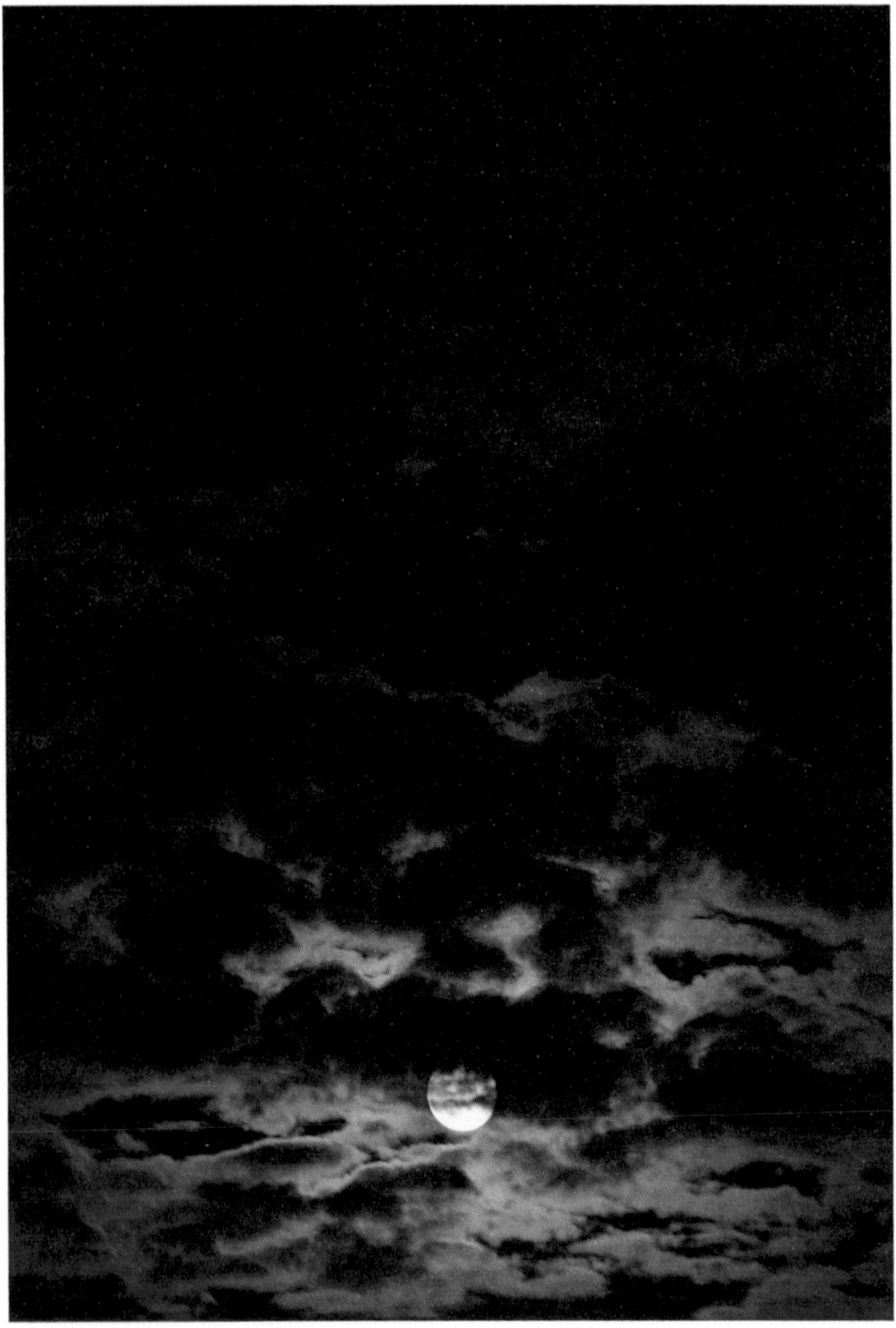

月から

新美南吉

月からきたねこ、
屋根にゐる。
屋根からしつぽをおつたてる。

月からきたとり、
うろにゐる。
うろからそちこちどなつてる。

月から来た人、
柵にゐる。
柵からナイフをぬいてゐる。

お月さまを

新美南吉

お月さまを
みいあげた。
マストにのぼつた
ふなのりが。
何だか青いと、さういつた。

お月さまを
みいあげた。
わたしが窓から
一人きり。
母さん静かね、さういつた。

月の角笛

新美南吉

月が角笛
夜ふけにふいた
ぽうぽうぽうよ、
ぽうぽうぽうよ。

犬が野原を
めぐつてないた。

　ぎりり、時計のねぢをばまいて
牧師が階段、ことことおりた。

月が角笛
とほくにふいた。
ぽうぽうぽうよ、
ぽうぽうぽうよ。

牛があくびを
あわわとやつた。

からら、シヤーレの窓をばしめて
ああ、ああ、遠いと乳屋がいつた。

ルルとミミ

夢野久作

むかし、ある国に、水晶のような水が一ぱいに光っている美しい湖がありまして、そのふちに一つの小さな村がありました。そこに住んでいる人たちは親切な人ばかりで、ほんとに楽しい村でした。

けれどもその湖の水が黒く濁《にご》って来ると、この村に何かしら悲しいことがあると云い伝えられておりました。

この村にルルとミミという可愛らしい兄妹《きょうだい》の孤児《みなしご》が居りました。

二人のお父さんはこの国でたった一人の上手な鐘造りで、お母さんが亡くなったあと、二人の子供を大切《だいじ》に大切に育てておりました。

ところが或る年のこと、この村のお寺の鐘にヒビが入りましたので、村の人達に頼まれて新しく造り上げますと、どうしたわけか音がちっとも出ません。お父さんはそれを恥かしがって、或る夜、二人の兄妹を残して湖へ身を投げてしまいました。

その時、この湖の水は一面に真黒く濁っていたのでした。そうして、ルルとミミのお父さんが身を投げると間もなく、湖はまたもとの通りに奇麗に澄み渡ってしまったのでした。

それから後《のち》、この村のお寺の鐘を造る人はありませんでした。夜あけの鐘も夕暮れの鐘も、また休み日のお祈りの鐘もきこえないまま、何年か経ちました。

村の人々は皆、ルルとミミを可愛がって育てました。そうして、いつもルルに云ってきかせました。

「早く大きくなって、いい鐘を作ってお寺へ上げるのだよ。死んだお父さんを喜ばせるのだよ」

ルルはほんとにそうしたいと思いました。ミミも、早くお兄さんが鐘をお作りになればいい。それはどんなにいい音《ね》がするだろうと、楽しみで楽しみでたまりませんでした。

二人はほんとに仲よしでした。そうしてよく湖のふちに来て、はるかにお寺の方を見ながらいつまでもいつまでも立っておりました。

「おおかたお寺の鐘撞《かねつ》き堂を見て、死んだお父さんのことを思い出しているのだろう。ほんとに可愛そうな兄妹《きょうだい》だ」

と村の人々は云っておりました。

「水が濁るとよくないことがある」

と云われていた湖の水晶のような水が、またもすこしずつ薄黒く濁りはじめました。村の人々は皆、どんな事が起るかと、おそろしさのあまり口を利くものもありませんでした。しまいにはみんな顔を見あわせて、ため息ばかりするようになりました。それでも湖の水は、夜があけるたんびに、いくらかずつ黒くなってゆくのでした。

その時にルルは、お父さんが残した仕事場に這入って、一生懸命で鐘を作っていました。そうして、いよいよ一ツの美事な鐘をつくり上げましたので、喜び勇んで村の人にこの事を話しました。

「鐘が出来ました。どうぞお寺へ上げて下さい」

村の人々はわれもわれもとルルが作った鐘を見物に来ました。その立派な恰好を撫でて見たり、又はソッとたたいて見て、その美しい音《ね》にききとれたりしましたが、みんなそのよく出来ているのに感心をしてしまいました。そうして、日をきめてお寺に上げて、この鐘を撞き鳴らして、村中でお祝いをすることになりました。

「湖の水はいくら濁ったって構うものか。鐘つくりの名人の子のルルが、死んだお父様をよろこばせたいばっかりに、あんな小さな姿《なり》をして、こんな立派な鐘をつくったのだもの、こんな芽出たいことがあるものか。この鐘を鳴らしたら、どんなわるいことでも消えてしまうにちがいない。湖の水も澄んでしまうに違いない」

と、村の人々は喜んで勇み立ちました。

その日はちょうどお天気のいい日でした。地にはいろいろの花が咲き乱れ、梢や空には様々の鳥が啼《な》いて、眩しいお太陽様《てんとさま》が白い雲の底からキラキラと輝いていました。村の人々は、お爺さんもお婆さんも、大人も子供も、みんな奇麗な着物を着て、ルルが作った鐘のお祝いを見にお寺をさして集まって来ました。

お菓子屋や、オモチャ屋や、のぞき眼鏡や、風船売りや、操《あやつり》人形なぞがお寺の門の前には一パイに並んで、それはそれは賑やかなことでした。

ルルの偉いことや、ミミの美しいことを口々に話し合っていた村の人々は、その時ピッタリと静かになりました。

ルルが作った鐘は坊さんの手で、高く高くお寺の鐘つき堂に釣り上げられました。銀色の鐘は春のお太陽様《てんとさま》の光りを受けて、まぶしく輝きながらユラリユラリと揺れました。

村の人々は感心のあまり溜息をしました。嬉しさのあまり涙を流したものもありました。

このとき、ルルは鐘つき堂の入り口に立って、あまりの嬉しさにブルブルと震えながら両手を顔に当て《あて》ておりました。その手を妹のミミがソッと引き寄せて接吻《せっぷん》しました。

兄妹《きょうだい》は抱き合って喜びました。

「お父様が湖の底から見ていらっしゃるでしょうね」

けれどもまあ、何という悲しいことでしょう。そうして又、何という不思議なことでしょう。

お寺のお坊さんの手でルルの作った鐘が鳴らされました時、鐘は初めに只一度微《かす》かな唸《うな》り声を出しましただけで、それっ切り何ぼたたいても音を立てませんでした。

ルルは地びたにひれ伏して泣き出しました。ミミもその背中にたおれかかって泣きました。

「これこれ。ルルや、そんなに泣くのじゃない。おまえはまだ小さいのだから、鐘が上手に出来なくてもちっとも恥かしいことはない。ミミももう泣くのをおやめなさい」

と、いろいろに村の人は兄妹を慰めました。そうして、親切に二人をいたわって家まで送ってやりました。

ルルは小供ながらも一生懸命で鐘を作ったのでした。

「この鐘こそはきっといい音が出るに違いない。そっとたたいても、たまらないいい音がするのだから。湖の底に沈んでいらっしゃるお父様の耳までもきっと達《とど》くに違いない」

と思っていたのでした。その鐘が鳴らなかったのですから、ルルは不思議でなりませんでした。

「どうしたら本当に鳴る鐘が作れるのであろう」

と考えましたが、それもルルにはわかりませんでした。

ルルは泣いても泣いても尽きない程泣きました。ミミも一所に泣きました。こうして兄妹は泣きながら家《うち》に帰って、泣きながら抱き合って寝床に這入りました。

その夜《よ》のこと……。ルルはひとりおき上りまして、泣き疲れてスヤスヤ睡《ね》むっている妹の頬にソッと接吻をして、家《うち》を出ました。只《た》だ一人で湖のふちへ来て、真黒く濁った水の底深く沈んでしまいました。

村の人が心配していた悲しいことが、とうとう来たのです。ミミは一人ポッチになってしまったのです。

けれども、ミミはどうしてあの優しい兄さんのルルに別れることが出来ましょう。

村の人がどんなに親切に慰めても、ミミは只《た》だ泣いてばかりいました。そうして朝から晩まで湖のふちへ来て、死んだ兄さんがもしや浮き上りはしまいかと思って、ボンヤリ草の上に座っておりました。

――可哀そうなミミ。

ルルが湖に沈んでから何日目かの晩に、湖の向うからまん丸いお月様がソロソロと昇って来ました。ミミはその光に照らされた湖の上をながめながら、うちへ帰るのも忘れて坐っておりました。湖のまわりに数限りなく咲いている睡蓮《すいれん》の花も、その夜《よ》はいつものように睡らずに、ミミの姿と一所に、開いた花の影を水の上に浮かしておりました。

お月様はだんだん高くあがって来ました。それと一所に睡蓮の花には涙のような露が一パイにこぼれかかりました。

ミミは睡蓮の花が自分のために泣いてくれるのだと思いまして、一所に涙を流しながらお礼を云いました。

「睡蓮さん。あなた達は、私がなぜ泣いているか、よく御存じですわね」

その時、睡蓮の一つがユラユラと揺れたと思うと、小さな声でミミにささやきました。

「可哀そうなお嬢さま。あなたはもしお兄さまにお会いになりたいなら、花の鎖をお作りなさい。そうして明日《あす》の晩、お月様が湖の真上にお出《い》でになる時までに、その花の鎖が湖の底までとどく長さにおつくりなさい。その鎖につかまって、湖の底の真珠の御殿へいらっしゃい。お兄さまのルルさまを湖の底へお呼びになったのは、その女王様です」

睡蓮の花がここまで云った時、あたりが急に薄暗くなりました。お月様が黒い雲にかくれたのです。そうしてそれと一所に、睡蓮の花は一つ一つに花びらを閉じ初めました。

ミミはあわててその花の一つに尋ねました。

「睡蓮さん。ちょっと花びらを閉じるのを待って下さい。どうして真珠の御殿の女王様は兄さんをお呼びになったのですか」

けれども、暗い水の上の睡蓮はもう花を開きませんでした。

「湖の底の女王様は、どうして私だけをひとりぼっちになすったのですか」

とミミは悲しい声で叫びました。けれども、湖のまわりの睡蓮はスッカリ花を閉じてしまって、一つも返事をしませんでした。お月様もそれから夜の明けるまで雲の中に隠れたまんまでした。

「アラ、ミミちゃん。こんな処で花の鎖を作っててよ。まあ、奇麗なこと。そんなに長くして何になさるの」

と、大勢のお友達がミミのまわりに集まって尋ねました。

ミミは夜《よ》の明けぬうちから花の鎖を作り初めていたのですが、こう尋ねられますと淋しく笑いました。

「あたし、この鎖をもっともっと長く作ると、それに掴まってお兄さんに会いにゆくのです」

「あら、そう。それじゃ、あたしたちもお加勢しましょうね」

ミミのお友達の女の子たちは、みんなこう云って、方々から花を取ってきてミミに遣りました。

ミミは草の葉を綟《よ》り合わせた糸に、その花を一つ一つつなぎまして、長い長い花の鎖にしてゆきました。

夕方になると、お友達はみんなお家《うち》へ帰りましたが、ミミはなおも一生懸命に花を摘んでは草の糸につなぎました。

その中《うち》に日が暮れると、花の咲いているのが見えなくなりましたので、ミミは草の中に突伏《つっぷ》してウトウトとねむりながら、月の出るのを待ちました。

やがて、何だか身体《からだ》がヒヤヒヤするようなので、ミミは眼をさまして見ますと、どうでしょう、いつのまにのぼったか、お月様はもう空のまんなかに近付いております。

ミミは月の光りをたよりに花の鎖をふり返って見ました。いろいろの花をつないだ艸《くさ》の糸は、湖のまわりを一まわりしてもまだ余るほどで、果《はて》は広い野原の艸《くさ》にかくれて見えなくなっております。

ミミはこの花の鎖が湖の底まで達《とど》くかどうかわかりませんでした。

けれども、思い切ってその端をしっかりと握って、湖の中に沈んでゆきました。

湖の水が濁っているのは、ほんの上の方のすこしばかりでした。下の方はやはり水晶のように明るく透きとおって、キラキラと輝いておりました。

その中にゆらめく水艸《みずくさ》の林の美しいこと……。ミミをふり返ってゆく魚の群の奇麗なこと……。

けれどもミミは、ただ兄さんのルルのことばかり考えて、なおも底深く沈んでゆきました。

そうすると、はるか底の方に湖の御殿が見え初めました。

湖の御殿は、ありとあらゆる貴《たっと》い美しい石で出来ておりまして、真珠の屋根が林のようにいくらもいくらも並んでおりました。

ミミは、その一番外側の、一番大きな御門の処まで来ますと、花の鎖を放して中へ這入って行きました。そうして、もしや兄さまがそこいらにいらっしゃりはしまいかと、ソッと呼んで見ました。

「ルル兄さま……」

けれども、広い御殿のどこからも何の返事もありません。はるかにはるかに向うまで続いている銀の廊下が、ピカピカと光っているばかりです。

ミミは悲しくなりました。

「兄さんはいらっしゃらないのか知らん」

と思いました。

その時でした。御殿の奥のどこからか、

「カアーンカアーン」

という鉄鎚《かなづち》の音と一所に、懐しい懐しいルルの歌うこえが、水をふるわせてきこえて来ました。

「ミミよ　ミミよ　オオ　いもうとよ……くらい　みずうみ　オオ　ならぬかね……ひとり　な

がめて　オオ　なくミミよ
「ちちは　ならない　アア　かねつくり……あにも　ならない　アア　かねつくり……ミミを
のこして　アア　みずのそこ
「ミミよ　なけなけ　エエ　みずうみが……ミミの　なみだで　エエ　すむならば……かねも
なるやら　エエ　しれぬもの」
湖の女王様は金剛石の寝椅子の上に横になって、ルルの歌をきいておられました。そうして、ルルが陸《おか》に残したミミのことを悲しんで歌っていることを知られますと、湖の女王様は思わず独り言を云われました。
「ああ……私は可哀そうなことをした。ルルを湖の底へ呼ぶために、私はルルが作った鐘を鳴らないようにした。そうして、ルルがそれを悲しがって湖へ身を投げるようにした。そのために可哀そうなミミはひとりポッチになってしまった。
嘸《さぞ》私を怨んでいるだろう……けれども私はそうするよりほかに仕方がなかった――。
――この湖の水晶のような水は、この御殿のお庭にある大きな噴水から湧き出している。その噴水がこわれると、湖の水がだんだん上の方から濁って来る。そうして、その濁りが次第次第に深くなって底まで達《とど》くと、この湖に住んでいるものはみな死んでしまわなければならない。――その大切な噴水が又こわれてしまった。これを直すものはルルしか居ない。だから私はルルを呼び寄せるほかにしかたがなかった――。

――私はこの前にもこうしてルルの父親を呼んだ。その前にも、その又前にも、噴水がこわれるたんびに、何人も鍛冶屋や鐘つくりを呼び寄せた。けれども、そんな人たちはみんな、自分一人で勝手に陸《おか》へ帰ろうとしたために、途中で悪い魚《さかな》に食べられてしまった――。

――ルルは今、噴水を直しながら歌を歌っている。妹のことを悲しんで歌を歌っている。陸《おか》に残った妹もどんなにか悲しいであろう。今度こそは用が済んだら、途中であぶないことのないようにして妹の処へ送り返してやりましょう。鐘も鳴るようにしてやりましょう――。

――ああ、ほんとに可哀そうなことをしました」

この時、ミミはルルの歌の声をたよりに、やっと女王様のお室《へや》の前までたどりついておりました。

そうして、女王様のひとり言をすっかりきいてしまったのでした。

ミミは、女王様がルルとミミのことを可愛そうに思っておられる……そうしてルルを陸《おか》に帰してやろうと考えておられることを知りますと、胸が一パイになりました。

その時、女王様は立ち上って、寝部屋《ねべや》へ行こうとされました。

ミミは思わず駈け込んで、女王様の長い長い着物の裾に走り寄りました。

女王様はビックリしてふり向かれました。……ここは当り前の人間がたやすく来るところではないのに……と思いながら

「お前はどこの娘かね……」

とお尋ねになりました。

ミミは品よくお辞儀をしました。そうして、涙を一パイ眼に溜めながらお願いしました。

「私はミミと申します。ルル兄様に会いにまいりました。どうぞ会わせて下さいませ」

「オオ。お前がルルの妹かや」

と、女王様はミミを抱寄せられました。そうして、しっかりと抱きしめて、静かな声で云われました。

「お前がルルの妹かや。お前が……お前が……まあ、何という可愛らしい娘であろう。ルルがお前のことをなつかしがるのも無理はない。悲しむのも無理はない。

お前も嘸《さぞ》悲しかったであろう。淋しかったであろう。そうして私を怨んでいたであろう。

許してたもれや。許してたもれや」

女王様は水晶のような涙の玉をハラハラとミミの髪毛の上に落されました。

ミミは泣きじゃくりながら顔を上げて、女王様に尋ねました。

「女王様。女王様はほんとうに……私たちを陸《おか》へ帰して下さいますでしょうか」

「ほんとうともほんとうとも。私が今云うたひとり言はみな偽りでないぞや。

あのルルが来て、あの噴水を直してくれなければ、この湖の中のものは皆死ななければならぬ。

それゆえルルを呼びました。それゆえお前にも悲しい思いをさせました。どうぞどうぞ許してたもれや。それにしてもおまえはよう来ました。よう兄さまを迎えに来ました。きっと二人は陸《おか》に帰して上げますぞや。お前たちのお父さんのように悪い魚にたべられぬようにして……そうして、陸《おか》に帰ったならば鐘も鳴るようにして上げますぞや。

なれども、ルルがあの噴水を治《なお》してしまうまでは待ってたもれよ。それももう長いことではない。ミミよ、お聞きやれ。あのルルの打つ鎚《つち》の音《ね》の勇ましいこと」

女王様とミミは涙に濡れた顔をあげて、ルルの振る鉄鎚の音をききました。

ルルは湖の御殿の噴水を一生懸命につくろいました。もう二度とふたたびこわれることのないように、そうして、陸《おか》の鐘つくりや鍛冶屋さんが湖の女王様に呼ばれることのないように、命がけで働きました。そのうち振る槌の音は、湖のふちにある魚《うお》の隠れ家や蟹の穴までも沁《し》み渡るほど、高く高く響きました。

「カーンコーン　カンコン

ミミにわかれてこの湖の、底にうちふるこの鎚のおと、ルルがうちふるこの槌の音

カーンコーン　カンコン

ないてうちふるこの槌の音、ないてたたいてこの湖の、水をすませやこの槌のおと

カーンコーン　カンコン

ミミにあいたやあの妹に、おかへゆきたやあの故郷《ふるさと》へ、そしてききたやあの鐘の音」

ルルはとうとう噴水を立派につくろい上げました。玉のような澄み切った水の泡が、嬉しそうにキラキラと輝きながら空へ空へ渦巻きのぼってゆきました。そのま上の濁った水が、新しく噴《ふ》き上った水に追いのけられて、そこからあかるい月の光りと清らかな星の光りが流れ込んで来ました。もうこれから何万年経っても、この噴水がこわれることはあるまいと思われました。

湖の御殿の真珠の屋根は、月と星の光りを受けて見る見る輝き初めました。瑠璃《るり》の床、青玉の壁、翡翠《ひすい》の窓、そんなものがみなそれぞれの色にいろめき初めました。

湖の女王の沢山の家来……赤や青や、紫や、黄金《こがね》色の魚《さかな》たちは、皆ビックリした眼をキョロキョロさして、われもわれもと列を組んで御殿のまわりに集まって来ました。そのありさまはまるで虹が泳いで来るようでした。

湖の女王様は手をあげてその魚どもを呼び集められまして、これからルルとミミにできるだけ立派な御馳走をするのだから、その支度をせよと云いつけられました。

湖の御殿の噴水を立派に直したルルは、もう歩くことが出来ないほど疲れておりました。けれども……この噴水がもう二度とふたたびこわれないようになった……この湖の中に在る数限りないものの生命は助かった……そうしてこれから後何万年経ってもこの水は濁らない……村にわるいことも起らないのだ……と思うと、ルルは嬉しくてたまりませんでした。その嬉しさに、疲れた身体《からだ》を踊らせながら女王様の前に帰って来ました。

その時にルルは、今までにない美しい御殿の様子に気が付きました。

御殿の大広間は夜光虫の薄紫の光りで夢のように照らされておりました。広い広い部屋一パイに飾られた水艸《みずくさ》の白い花は、ほのかな香《にお》いを一面にただよわせておりました。

その中に群あつまる何万とも何億とも知れぬ魚の数々。その奥の奥に見える紫水晶の階段。その上に立っていられる女王様のお姿。

そうして今一人の美しい女の子の姿……ミミ……。

ルルは思わず壇の上に駈け上ってミミを抱きました。ミミもしっかりとルルの首に獅噛《しが》み付きました。

今まで虹のようにジッと並んでいた数限りない魚の群は、この時ゆらゆらと動き出しました。青、赤、紫、緑、黄色、銀色、銅色、黄金《こがね》色と、とりどり様々の色をした魚が、同じ色同志に行列を作って、縞のようになったり、渦のようになったりしました。又は花の形を作ったり、鳥の形を作って見せたり、はては皆一時に入り乱れて、一つ一つに輝きひるがえる美しさ。その間を飛びちがい入り乱れる数知れぬ夜光虫の光り。それは世界中が金襴《きんらん》になって踊り出すかのようでした。

ルルとミミは抱き合ったまま、夢のように見とれていました。その前に数限りない御馳走が並びました。

月の光りはますます明るく御殿の中にさし込みました。そうして、女王様の嬉しそうなお顔やお姿を神々《こうごう》しく照し出しました。

そのうちに月の光りが次第次第に西へ傾いてゆきました。ルルとミミの陸《おか》へ帰る時が来ました。ルルとミミは女王様から貸していただいた、大きな美しい海月《くらげ》に乗って、湖の御殿の奥庭から陸《おか》の方へおいとまをすることになりました。

女王様はルルとミミを今一度抱きしめて頬ずりをされました。そうして、こんなお祈りをされました。

「この美しい兄妹《きょうだい》は、この後どんなことがありましても離れ離れになりませぬように」

ルルもミミも女王様が懐かしくなりました。何だかいつまでもこの女王様に抱かれて、可愛がっていただきたいように思って、涙をホロホロと流しました。

けれども女王様は二人をソッと抱き上げて、海月の上にお乗せになりました。

「海月よ。お前は絶えず光りながら、この兄妹《きょうだい》を水の上まで送り届けよ。そうして、悪い魚が近付かないように毒の針を用意して行けよ」

海月は黙って浮き上りました。

咲き揃った水藻《みずも》の花は二人の足もとを後《うしろ》へ後へとなびいてゆきました。御殿の屋根は薔薇色に、または真珠色に輝きながら、水の底の方へ小さく小さくなってゆきました。宝石をちりばめたような海月の足の下へ……。

「ネエ、ルル兄さま！」

「ナアニ……ミミ」

「女王様は何だかお母様のようじゃなかって」

「ああ、僕もそう思ったよ」

「あたし、何だかおわかれするのが悲しかったわ」

「ああ、僕もミミと二人きりで湖の底にいたいような気もちがしたよ」

　こんなことを二人は話し合いました。そうして二人は抱き合って、海月の足の下をのぞきながら、何遍も何遍も女王様のいらっしゃる方へ「左様なら」を送りました。

　ルルとミミが湖のおもてに浮き上ったところには、美しい一艘の船が用意してありました。その上にルルとミミは乗りうつりました。

「海月よ。ありがとうよ。ルルとミミが心から御礼を云っていたと、女王様に申し上げておくれ」

　海月はやはりだまって、ユラユラと水の底に沈んで行きました。兄妹《きょうだい》は舷《ふなべり》につかまって、その海月の薄青い光りが、水の底深く深く、とうとう見えなくなってしまうまで見送っておりました。

　お月様は今、西に沈みかけていました。かすかに吹き出した暁の風が、二人の船を陸《おか》の方へ吹き送りはじめました。

湖の面《おもて》には牛乳のような朝靄《あさもや》が棚引きかけていました。その上から、まだ誰も起きていないらしい、なつかしい故郷の村が見えました。その村のお寺の鐘撞き堂に小さく小さくかすかにかすかに光る鐘……ルルはそれをジッと見つめていましたが、その眼からどうしたわけか涙がポトポトとしたたり落ちました。

「まあ。お兄さま、どうなすったの。なぜお泣きになるの……」

ルルはしずかにふりかえりました。

「ミミや。お前は村に帰ったら、一番に何をしようと思っているの……」

「それはもう……何より先にあの鐘の音《ね》をききたいと思いますわ。あの鐘は今度こそきっと鳴るに違いないのですから……どんなにかいい音《ね》でしょう……」

と、ミミはもう、ルルの顔をあおぎながら、その音《ね》が聞こえるようにため息をしました。ルルも一所にため息をしました。

「ミミや。そうしてあの鐘が鳴ったなら、村の人はきっと私たちを可愛がって、二度と再び湖の底へはゆけないようにしてしまうだろうねえ」

「まあ。お兄様はそれじゃ、湖の底へお帰りになりたいと思っていらっしゃるの……」

ルルはうなずいて、又一つため息をしました。そうして又も涙をハラハラと落しました。

「ああ。ミミや。わたしはあの鐘の音《ね》をきくのが急に怖くなった。村の人に可愛がられて、湖の底へ又行くことが出来なくなるだろうと思うと、悲しくて悲しくてたまらなくなった。私は湖の御殿へ帰りたくて帰りたくてたまらなくなったのだ。私は死ぬまであそこの噴水の番がしていたくなったのだ」

「それならお兄様……あの鐘の音《ね》はもうお聴きにならなくてもいいのですか……お兄様……ききたいとはお思いにならないのですか」

「ああ。そうなんだよ、ミミ……だから、お前は私の代りにも一度一人で村へ帰って、あの鐘を撞いてくれるように村の人に頼んでくれないか。あの鐘はルルの作り損いではありませんと云ってね。それから兄さんのところへお出で……兄さんはその鐘の音《ね》を湖の底できいているから……お前の来るのを待っているから……」

といううちに、ルルは立ち上って湖の中に飛びこもうとしました。

「アレ。お兄さま、何でそんなに情ないことをおっしゃるの……それならあたしも連れて行ってちょうだい」

と、ミミは慌ててルルを抱き止めようとしました。そうすると、不思議にもルルの姿は煙のように消え失せてしまいました。船も……お月様も……湖も……村の影も……朝靄も消え失せて、あとにはただ何とも云われぬ芳ばしいにおいばかりが消え残りました。

ミミはオヤと思ってあたりを見まわしました。見ると、ミミは最前のまま湖のふちの草原《くさはら》に突伏して、花の鎖をしっかりと抱きしめながら睡っているのでした。今までのはすっかり夢で、待っていたお月様は、まだようようにのぼりかけたばかりのところでした。そうして湖の水はやっぱりもとの通り黒いままでした。

ミミはワッとばかり泣き伏しました。泣いて泣いて、涙も声も無くなるほど泣きました。女王様の言葉を思い出しては泣き、ルルの顔を思い出しては泣き、ルルと抱き合って喜んだ時の嬉しさを思い出してはあたりを見まわしました。

けれども、あたりにルルの姿は見えませんでした。ただミミが花を摘んでしまった春の草が、涙のような露を一パイに溜めて、月の光りをうつしながらはてしもなく茫々茂っているばかりでした。

それを見て、ミミはまた泣きつづけました。

その中《うち》にお月様はだんだんと空の真ん中に近づいて来ました。ミミも泣き止んで、そのお月様をあおぎました。

「ああ、お月様。今まで見たのは夢でしょうか、どうぞ教えて下さいませ」

けれどもお月様は何の返事もなさいませんでした。

ミミは涙を拭いて立ち上りました。露に濡れた草原《くさはら》を踏みわけて、お寺の方へ来ました。そうして鐘撞き堂まで来ると、空高く月の光りに輝いている鐘を見上げました。

「あの鐘を撞いて見ましょう。あの鐘が鳴ったなら、睡蓮が教えたことはほんとうでしょう。湖の底の御殿もあるのでしょう。女王様のお言葉もほんとうでしょう。お兄さまもほんとうにあそこで待っていらっしゃるでしょう。……あの鐘を撞いてみましょう……」

ミミが撞いた鐘の音《ね》は、大空高く高くお月様まで……野原を遠く遠く世界の涯まで……そうして、湖の底深く深く女王様の耳まで届くくらい澄み渡って響きました。

お寺の坊さんも、村の人々も、子供までも、みな眼をさましたほど、美しい、清らかな音《ね》が響き渡りました。

ミミは夢中になって喜びながら、お寺の鐘撞き堂を駈け降りました。

「ああ……夢ではなかった。夢ではなかった。お兄様はほんとうに湖の底に待っていらっしゃる。妾《わたし》が来るのを待っていらっしゃる。

ああ、嬉しい。ああ、嬉しい。妾はもうほんとうにお兄様に会えます。そうして、もう二度と再び離れるようなことはないのです。ああ、うれしい……」

こう云ううちに、ミミは最前の花の鎖のところまで駈けもどって来ました。その花の鎖の端を両手でしっかりと握って、静かに湖の底へ沈んでゆきました。――空のまん中にかかったお月様をあおぎながら……。

村中の人々は鐘の音に驚いて、老人《としより》や子供までみんなお寺に集まって来ました。お寺の坊さんと一所になって、どうしたのだろうどうしたのだろうと話し合いましたが、誰が鐘を打ったのか、どうして鐘が鳴ったか、知っているものは一人もありませんでした。

　そのうちに鐘撞き堂の石段に、ミミの露に濡れた小さな足あとが、月の光りに照されているのが見つかりました。その足あとは草原《くさはら》のふちまで来ますと、草を踏みわけたあとにかわって、ずっと湖のふちまで続いております。

　村の人々はやがて、湖のふちに残っている花の鎖の端を見つけました。その一方の端はずっと湖の底深く沈んでいるようです。

「あら、これはあたしたちがミミちゃんに摘んであげた花よ。ミミちゃんが花の鎖につかまってお兄さんに会いにゆくって云ったから、あたしたちは大勢で加勢して上げたのよ」

　と二三人の女の子が云いました。

　村の人々は皆な泣きました。泣きながら花の鎖を引きはじめました。

　お月様がだんだん西に傾いてゆきました。それと一所に湖の水がすこしずつ澄んで来るように見えました。けれども、花の鎖は引いても引いても尽きないほど長《なご》う御座いました。

　ようようにお月様が沈んで、まぶしいお太陽様《てんとさま》が東の方からキラキラとお上りになりました。その時にはもう湖の水はもとの通り水晶のように澄み切っておりました。そうしてやがて……。

　シッカリと抱き合ったまま眠っているルルとミミの姿が、その奇麗な水の底から浮き上って来ました。

――可哀そうなルルとミミ……。

白

芥川龍之介

一

　ある春の午過《ひるす》ぎです。白《しろ》と云う犬は土を嗅《か》ぎ嗅ぎ、静かな往来を歩いていました。狭い往来の両側にはずっと芽をふいた生垣《いけがき》が続き、そのまた生垣の間《あいだ》にはちらほら桜なども咲いています。白は生垣に沿いながら、ふとある横町《よこちょう》へ曲りました。が、そちらへ曲ったと思うと、さもびっくりしたように、突然立ち止ってしまいました。

　それも無理はありません。その横町の七八間先には印半纏《しるしばんてん》を着た犬殺しが一人、罠《わな》を後《うしろ》に隠したまま、一匹の黒犬を狙《ねら》っているのです。しかも黒犬は何も知らずに、犬殺しの投げてくれたパンか何かを食べているのです。けれども白が驚いたのはそのせいばかりではありません。見知らぬ犬ならばともかくも、今犬殺しに狙われているのはお隣の飼犬《かいいぬ》の黒《くろ》なのです。毎朝顔を合せる度にお互《たがい》の鼻の匂《におい》を嗅ぎ合う、大の仲よしの黒なのです。

　白は思わず大声に「黒君！　あぶない！」と叫ぼうとしました。が、その拍子《ひょうし》に犬殺しはじろりと白へ目をやりました。「教えて見ろ！　貴様から先へ罠《わな》にかけるぞ。」――犬殺しの目にはありありとそう云う嚇《おどか》しが浮んでいます。白は余りの恐ろしさに、思わず吠《ほ》えるのを忘れました。いや、忘れたばかりではありません。一刻もじっとしてはいられぬほど、臆病風《おくびょうかぜ》が立ち出したのです。白は犬殺しに目を配《くば》りながら、じりじり後《あと》すざりを始めました。そうしてまた生垣《いけがき》の蔭に犬殺しの姿が隠れるが早いか、可哀《かわい》そうな黒を残したまま、一目散《いちもくさん》に逃げ出しました。

その途端《とたん》に罠が飛んだのでしょう。続けさまにけたたましい黒の鳴き声が聞えました。しかし白は引き返すどころか、足を止めるけしきもありません。ぬかるみを飛び越え、石ころを蹴散《けち》らし、往来どめの縄《なわ》を擦《す》り抜け、五味《ごみ》ための箱を引っくり返し、振り向きもせずに逃げ続けました。御覧なさい。坂を駈《か》けおりるのを！　そら、自動車に轢《ひ》かれそうになりました！　白はもう命の助かりたさに夢中になっているのかも知れません。いや、白の耳の底にはいまだに黒の鳴き声が虻《あぶ》のように唸《うな》っているのです。

「きゃあん。きゃあん。助けてくれえ！　きゃあん。きゃあん。助けてくれえ！」

二

白はやっと喘《あえ》ぎ喘ぎ、主人の家へ帰って来ました。黒塀《くろべい》の下の犬くぐりを抜け、物置小屋を廻りさえすれば、犬小屋のある裏庭です。白はほとんど風のように、裏庭の芝生《しばふ》へ駈《か》けこみました。もうここまで逃げて来れば、罠《わな》にかかる心配はありません。おまけに青あおした芝生には、幸いお嬢さんや坊ちゃんもボオル投げをして遊んでいます。それを見た白の嬉しさは何と云えば好《い》いのでしょう？　白は尻尾《しっぽ》を振りながら、一足飛《いっそくと》びにそこへ飛んで行きました。

「お嬢さん！　坊ちゃん！　今日は犬殺しに遇《あ》いましたよ。」

白は二人を見上げると、息もつかずにこう云いました。(もっともお嬢さんや坊ちゃんには犬の言葉はわかりませんから、わんわんと聞えるだけなのです。)しかし今日はどうしたのか、お嬢さんも坊ちゃんもただ呆気《あっけ》にとられたように、頭さえ撫《な》でてはくれません。白は不思議に思いながら、もう一度二人に話しかけました。

「お嬢さん！　あなたは犬殺しを御存じですか？　それは恐ろしいやつですよ。坊ちゃん！　わたしは助かりましたが、お隣の黒君は掴《つか》まりましたぜ。」

それでもお嬢さんや坊ちゃんは顔を見合せているばかりです。おまけに二人はしばらくすると、こんな妙なことさえ云い出すのです。

「どこの犬でしょう？　春夫《はるお》さん。」

「どこの犬だろう？　姉さん。」

どこの犬？　今度は白の方が呆気《あっけ》にとられました。(白にはお嬢さんや坊ちゃんの言葉もちゃんと聞きわけることが出来るのです。我々は犬の言葉がわからないものですから、犬もやはり我々の言葉はわからないように考えていますが、実際はそうではありません。犬が芸を覚えるのは我々の言葉がわかるからです。しかし我々は犬の言葉を聞きわけることが出来ませんから、闇《やみ》の中を見通すことだの、かすかな匂《におい》を嗅《か》ぎ当てることだの、犬の教えてくれる芸は一つも覚えることが出来ません。）

「どこの犬とはどうしたのです？　わたしですよ！　白ですよ！」

　けれどもお嬢さんは不相変《あいかわらず》気味悪そうに白を眺めています。

「お隣の黒の兄弟かしら？」

「黒の兄弟かも知れないね。」坊ちゃんもバットをおもちゃにしながら、考え深そうに答えました。

「こいつも体中《からだじゅう》まっ黒だから。」

　白は急に背中の毛が逆立《さかだ》つように感じました。まっ黒！　そんなはずはありません。白はまだ子犬の時から、牛乳《ぎゅうにゅう》のように白かったのですから。しかし今前足を見ると、いや、――前足ばかりではありません。胸も、腹も、後足《あとあし》も、すらりと上品に延《の》びた尻尾《しっぽ》も、みんな鍋底《なべそこ》のようにまっ黒なのです。まっ黒！　まっ黒！　白は気でも違ったように、飛び上ったり、跳《は》ね廻ったりしながら、一生懸命に吠《ほ》え立てました。

「あら、どうしましょう？　春夫さん。この犬はきっと狂犬《きょうけん》だわよ。」

　お嬢さんはそこに立ちすくんだなり、今にも泣きそうな声を出しました。しかし坊ちゃんは勇敢《ゆうかん》です。白はたちまち左の肩をぽかりとバットに打たれました。と思うと二度目のバットも頭の上へ飛んで来ます。白はその下をくぐるが早いか、元来《もとき》た方へ逃げ出しました。けれども今度はさっきのように、一町も二町も逃げ出しはしません。芝生《しばふ》のはずれには棕櫚《しゅろ》の木のかげに、クリイム色に塗《ぬ》った犬小屋があります。白は犬小屋の前へ来ると、小さい主人たちを振り返りました。

「お嬢さん！　坊ちゃん！　わたしはあの白なのですよ。いくらまっ黒になっていても、やっぱりあの白なのですよ。」

白の声は何とも云われぬ悲しさと怒りとに震《ふる》えていました。けれどもお嬢さんや坊ちゃんにはそう云う白の心もちも呑みこめるはずはありません。現にお嬢さんは憎《にく》らしそうに、

「まだあすこに吠《ほ》えているわ。ほんとうに図々《ずうずう》しい野良犬《のらいぬ》ね。」などと、地だんだを踏んでいるのです。坊ちゃんも、——坊ちゃんは小径《こみち》の砂利《じゃり》を拾うと、力一ぱい白へ投げつけました。

「畜生《ちくしょう》！　まだ愚図愚図《ぐずぐず》しているな。これでもか？　これでもか？」砂利は続けさまに飛んで来ました。中には白の耳のつけ根へ、血の滲《にじ》むくらい当ったのもあります。白はとうとう尻尾《しっぽ》を巻き、黒塀の外へぬけ出しました。黒塀の外には春の日の光に銀の粉《こな》を浴びた紋白蝶《もんしろちょう》が一羽、気楽そうにひらひら飛んでいます。

「ああ、きょうから宿無し犬になるのか？」

白はため息を洩《も》らしたまま、しばらくはただ電柱の下にぼんやり空を眺めていました。

三

お嬢さんや坊ちゃんに逐《お》い出された白は東京中をうろうろ歩きました。しかしどこへどうしても、忘れることの出来ないのはまっ黒になった姿のことです。白は客の顔を映《うつ》している理髪店《りはつてん》の鏡を恐れました。雨上《あまあが》りの空を映している往来《おうらい》の水たまりを恐れました。往来の若葉を映している飾窓《かざりまど》の硝子《ガラス》を恐れました。いや、カフェのテエブルに黒ビイルを湛《たた》えているコップさえ、――けれどもそれが何になりましょう？　あの自動車を御覧なさい。ええ、あの公園の外にとまった、大きい黒塗りの自動車です。漆《うるし》を光らせた自動車の車体は今こちらへ歩いて来る白の姿を映しました。――はっきりと、鏡のように。白の姿を映すものはあの客待の自動車のように、到るところにある訣《わけ》なのです。もしあれを見たとすれば、どんなに白は恐れるでしょう。それ、白の顔を御覧なさい。白は苦しそうに唸《うな》ったと思うと、たちまち公園の中へ駈《か》けこみました。

公園の中には鈴懸《すずかけ》の若葉にかすかな風が渡っています。白は頭を垂《た》れたなり、木々の間を歩いて行きました。ここには幸い池のほかには、姿を映すものも見当りません。物音はただ白薔薇《しろばら》に群《むら》がる蜂《はち》の声が聞えるばかりです。白は平和な公園の空気に、しばらくは醜《みにく》い黒犬になった日ごろの悲しさも忘れていました。

しかしそう云う幸福さえ五分と続いたかどうかわかりません。白はただ夢のように、ベンチの並《なら》んでいる路《みち》ばたへ出ました。するとその路の曲り角の向うにけたたましい犬の声が起ったのです。

「きゃん。きゃん。助けてくれえ！　きゃあん。きゃあん。助けてくれえ！」

白は思わず身震《みぶる》いをしました。この声は白の心の中へ、あの恐ろしい黒の最後をもう一度はっきり浮ばせたのです。白は目をつぶったまま、元来た方へ逃げ出そうとしました。けれどもそれは言葉通り、ほんの一瞬の間《あいだ》のことです。白は凄《すさま》じい唸《うな》り声を洩《も》らすと、きりりとまた振り返りました。

「きゃあん。きゃあん。助けてくれえ！　きゃあん。きゃあん。助けてくれえ！」

この声はまた白の耳にはこう云う言葉にも聞えるのです。

「きゃあん。きゃあん。臆病《おくびょう》ものになるな！　きゃあん。臆病ものになるな！」

白は頭を低めるが早いか、声のする方へ駈《か》け出しました。

けれどもそこへ来て見ると、白の目の前へ現れたのは犬殺しなどではありません。ただ学校の帰りらしい、洋服を着た子供が二三人、頸《くび》のまわりへ縄《なわ》をつけた茶色の子犬を引きずりながら、何かわいわい騒《さわ》いでいるのです。子犬は一生懸命に引きずられまいともがきもがき、「助けてくれえ。」と繰り返していました。しかし子供たちはそんな声に耳を借すけしきもありません。ただ笑ったり、怒鳴《どな》ったり、あるいはまた子犬の腹を靴《くつ》で蹴《け》ったりするばかりです。

白は少しもためらわずに、子供たちを目がけて吠えかかりました。不意を打たれた子供たちは驚いたの驚かないのではありません。また実際白の容子《ようす》は火のように燃えた眼の色と云い、刃物《はもの》のようにむき出した牙《きば》の列と云い、今にも噛《か》みつくかと思うくらい、恐ろしいけんまくを見せているのです。子供たちは四方《しほう》へ逃げ散りました。中には余り狼狽《ろうばい》したはずみに、路《みち》ばたの花壇へ飛びこんだのもあります。白は二三間追いかけた後《のち》、くるりと子犬を振り返ると、叱《しか》るようにこう声をかけました。

「さあ、おれと一しょに来い。お前の家《うち》まで送ってやるから。」

白は元来《もとき》た木々の間《あいだ》へ、まっしぐらにまた駈《か》けこみました。茶色の子犬も嬉しそうに、ベンチをくぐり、薔薇《ばら》を蹴散《けち》らし、白に負けまいと走って来ます。まだ頸にぶら下った、長い縄をひきずりながら。

×　　×　　×

二三時間たった後《のち》、白は貧しいカフェの前に茶色の子犬と佇《たたず》んでいました。昼も薄暗いカフェの中にはもう赤あかと電燈がともり、音のかすれた蓄音機《ちくおんき》は浪花節《なにわぶし》か何かやっているようです。子犬は得意《とくい》そうに尾を振りながら、こう白へ話しかけました。

「僕はここに住んでいるのです。この大正軒《たいしょうけん》と云うカフェの中に。――おじさんはどこに住んでいるのです？」

「おじさんかい？――おじさんはずっと遠い町にいる。」

白は寂しそうにため息をしました。

「じゃもうおじさんは家《うち》へ帰ろう。」

「まあお待ちなさい。おじさんの御主人はやかましいのですか？」

「御主人？　なぜまたそんなことを尋《たず》ねるのだい？」

「もし御主人がやかましくなければ、今夜はここに泊《とま》って行って下さい。それから僕のお母さんにも命拾いの御礼を云わせて下さい。僕の家には牛乳だの、カレエ・ライスだの、ビフテキだの、いろいろな御馳走《ごちそう》があるのです。」

「ありがとう。ありがとう。だがおじさんは用があるから、御馳走になるのはこの次にしよう。——じゃお前のお母さんによろしく。」

白はちょいと空を見てから、静かに敷石の上を歩き出しました。空にはカフェの屋根のはずれに、三日月《みかづき》もそろそろ光り出しています。

「おじさん。おじさん。おじさんと云えば！」

子犬は悲しそうに鼻を鳴らしました。

「じゃ名前だけ聞かして下さい。僕の名前はナポレオンと云うのです。ナポちゃんだのナポ公だのとも云われますけれども。——おじさんの名前は何と云うのです？」

「おじさんの名前は白と云うのだよ。」

「白——ですか？　白と云うのは不思議ですね。おじさんはどこも黒いじゃありませんか？」

白は胸が一ぱいになりました。

「それでも白と云うのだよ。」

「じゃ白のおじさんと云いましょう。白のおじさん。ぜひまた近い内《うち》に一度来て下さい。」

「じゃナポ公、さよなら！」

「御機嫌好《ごきげんよ》う、白のおじさん！　さようなら、さようなら！」

四

その後《のち》の白はどうなったか？――それは一々話さずとも、いろいろの新聞に伝えられています。大《おお》かたどなたも御存じでしょう。度々《たびたび》危《あやう》い人命を救った、勇ましい一匹の黒犬のあるのを。また一時『義犬《ぎけん》』と云う活動写真の流行したことを。あの黒犬こそ白だったのです。しかしまだ不幸にも御存じのない方《かた》があれば、どうか下《しも》に引用した新聞の記事を読んで下さい。

東京日日新聞。昨十八日（五月）午前八時四十分《しじっぷん》、奥羽線《おううせん》上り急行列車が田端駅《たばたえき》附近の踏切《ふみきり》を通過する際、踏切番人の過失に依《よ》り、田端一二三会社員柴山鉄太郎《しばやまてつたろう》の長男実彦《さねひこ》（四歳《しさい》）が列車の通る線路内に立ち入り、危く轢死《れきし》を遂《と》げようとした。その時逞《たくま》しい黒犬が一匹、稲妻《いなずま》のように踏切へ飛びこみ、目前に迫《せま》った列車の車輪から、見事に実彦を救い出した。この勇敢なる黒犬は人々の立騒《たちさわ》いでいる間《あいだ》にどこかへ姿を隠したため、表彰したいにもすることが出来ず、当局は大いに困っている。

東京朝日新聞。軽井沢《かるいざわ》に避暑中のアメリカ富豪エドワアド・バアクレエ氏の夫人はペルシア産の猫を寵愛《ちょうあい》している。すると最近同氏の別荘へ七尺余りの大蛇《だいじゃ》が現れ、ヴェランダにいる猫を呑もうとした。そこへ見慣《みな》れぬ黒犬が一匹、突然猫を救いに駈《か》けつけ、二十分に亘《わた》る奮闘の後《のち》、とうとうその大蛇を噛《か》み殺した。しかしこのけなげな犬はどこかへ姿を隠したため、夫人は五千弗《ドル》の賞金を懸《か》け、犬の行方《ゆくえ》を求めている。

国民新聞。日本アルプス横断中、一時行方不明になった第一高等学校の生徒三名は七日《なのか》(八月)上高地《かみこうち》の温泉へ着した。一行は穂高山《ほたかやま》と槍《やり》ヶ岳《たけ》との間《あいだ》に途《みち》を失い、かつ過日の暴風雨に天幕《テント》糧食等を奪われたため、ほとんど死を覚悟していた。然《しか》るにどこからか黒犬が一匹、一行のさまよっていた渓谷《けいこく》に現れ、あたかも案内をするように、先へ立って歩き出した。一行はこの犬の後《あと》に従い、一日余り歩いた後《のち》、やっと上高地へ着することが出来た。しかし犬は目の下に温泉宿の屋根が見えると、一声《ひとこえ》嬉しそうに吠《ほ》えたきり、もう一度もと来た熊笹《くまざさ》の中へ姿を隠してしまったと云う。一行は皆この犬が来たのは神明《しんめい》の加護だと信じている。

時事新報。十三日(九月)名古屋市の大火は焼死者十余名に及んだが、横関《よこぜき》名古屋市長なども愛児を失おうとした一人である。令息武矩《たけのり》(三歳)はいかなる家族の手落からか、猛火の中の二階に残され、すでに灰燼《かいじん》となろうとしたところを、一匹の黒犬のために啣《くわ》え出された。市長は今後名古屋市に限り、野犬撲殺を禁ずると云っている。

読売新聞。小田原町《おだわらまち》城内公園に連日の人気を集めていた宮城《みやぎ》巡回動物園のシベリヤ産大狼《おおおおかみ》は二十五日（十月）午後二時ごろ、突然巌乗《がんじょう》な檻《おり》を破り、木戸番《きどばん》二名を負傷させた後《のち》、箱根《はこね》方面へ逸走《いっそう》した。小田原署はそのために非常動員を行い、全町に亘《わた》る警戒線を布《し》いた。すると午後四時半ごろ右の狼は十字町《じゅうじまち》に現れ、一匹の黒犬と噛《か》み合いを初めた。黒犬は悪戦頗《すこぶ》る努め、ついに敵を噛み伏せるに至った。そこへ警戒中の巡査も駈《か》けつけ、直ちに狼を銃殺した。この狼はルプス・ジガンティクスと称し、最も兇猛《きょうもう》な種属であると云う。なお宮城動物園主は狼の銃殺を不当とし、小田原署長を相手どった告訴《こくそ》を起すといきまいている。等《とう》、等、等。

五

ある秋の真夜中です。体も心も疲れ切った白は主人の家へ帰って来ました。勿論《もちろん》お嬢さんや坊ちゃんはとうに床《とこ》へはいっています。いや、今は誰一人起きているものもありますまい。ひっそりした裏庭の芝生《しばふ》の上にも、ただ高い棕櫚《しゅろ》の木の梢《こずえ》に白い月が一輪浮んでいるだけです。白は昔の犬小屋の前に、露《つゆ》に濡《ぬ》れた体を休めました。それから寂しい月を相手に、こういう独語《ひとりごと》を始めました。

「お月様！　お月様！　わたしは黒君を見殺しにしました。わたしの体のまっ黒になったのも、大かたそのせいかと思っています。しかしわたしはお嬢さんや坊ちゃんにお別れ申してから、あらゆる危険と戦って来ました。それは一つには何かの拍子《ひょうし》に煤《すす》よりも黒い体を見ると、臆病を恥《は》じる気が起ったからです。けれどもしまいには黒いのがいやさに、――この黒いわたしを殺したさに、あるいは火の中へ飛びこんだり、あるいはまた狼と戦ったりしました。が、不思議にもわたしの命はどんな強敵にも奪われません。死もわたしの顔を見ると、どこかへ逃げ去ってしまうのです。わたしはとうとう苦しさの余り、自殺しようと決心しました。ただ自殺をするにつけても、ただ一目《ひとめ》会いたいのは可愛がって下すった御主人です。勿論お嬢さんや坊ちゃんはあしたにもわたしの姿を見ると、きっとまた野良犬《のらいぬ》と思うでしょう。ことによれば坊ちゃんのバットに打ち殺されてしまうかも知れません。しかしそれでも本望です。お月様！　お月様！　わたしは御主人の顔を見るほかに、何も願うことはありません。そのため今夜ははるばるともう一度ここへ帰って来ました。どうか夜の明け次第、お嬢さんや坊ちゃんに会わして下さい。」

白は独語《ひとりごと》を云い終ると、芝生《しばふ》に腭《あご》をさしのべたなり、いつかぐっすり寝入ってしまいました。

×　　　　×　　　　×

「驚いたわねえ、春夫さん。」

「どうしたんだろう？　姉さん。」

白は小さい主人の声に、はっきりと目を開《ひら》きました。見ればお嬢さんや坊ちゃんは犬小屋の前に佇《たたず》んだまま、不思議そうに顔を見合せています。白は一度挙げた目をまた芝生の上へ伏せてしまいました。お嬢さんや坊ちゃんは白がまっ黒に変った時にも、やはり今のように驚いたものです。あの時の悲しさを考えると、――白は今では帰って来たことを後悔《こうかい》する気さえ起りました。するとその途端《とたん》です。坊ちゃんは突然飛び上ると、大声にこう叫びました。

「お父さん！　お母さん！　白がまた帰って来ましたよ！」

白が！　白は思わず飛び起きました。すると逃げるとでも思ったのでしょう。お嬢さんは両手を延ばしながら、しっかり白の頸《くび》を押えました。同時に白はお嬢さんの目へ、じっと彼の目を移しました。お嬢さんの目には黒い瞳にありありと犬小屋が映《うつ》っています。高い棕櫚《しゅろ》の木のかげになったクリイム色の犬小屋が、――そんなことは当然に違いありません。しかしその犬小屋の前には米粒《こめつぶ》ほどの小ささに、白い犬が一匹坐っているのです。清らかに、ほっそりと。――白はただ恍惚《こうこつ》とこの犬の姿に見入りました。

「あら、白は泣いているわよ。」

お嬢さんは白を抱《だ》きしめたまま、坊ちゃんの顔を見上げました。坊ちゃんは――御覧なさい、坊ちゃんの威張《いば》っているのを！
「へっ、姉さんだって泣いている癖に！」

（大正十二年七月）

湖水の鐘

鈴木三重吉

一

或《ある》山の村に、きれいな、青い湖水がありました。その湖水の底には、妖女《えうぢよ》の王さまが、三人の王女と一しよに住んでゐました。王さまは、夏になると、空の青々と晴れた日には、よく、小さな妖女たちをつれて、三人の王女と一しよに、真珠の舟に乗つて出て来て、湖水の岸のやはらかな草むらへ上《あが》りました。

妖女たちは大よろこびで、草の中をかけまはつたり、小さな草の花の中へはいつて顔だけ出してお話をしたり、大きないなごにからかつたりして、おほさわぎをしてあそびました。中には、蜘蛛《くも》の網の、きら／＼した糸をあつめて、顔かけをこしらへてかぶるものもありました。小さなかはいらしい妖女には、その顔かけが、よくにあひました。

三人の王女は草の上に坐《すわ》つて、ふさ／＼した金の髪を、貝殻《かひがら》の櫛《くし》ですいて、忘れなぐさや、百合《ゆり》の花を、一ぱい、飾りにさしました。三人は、人間の中の一ばん美しい女でさへも、とてもくらべものにならないくらゐの、それは／＼たとへやうもない、きれいな／＼妖女でした。そのかはいらしい目は、よひの星よりももつと美しくかゞやいてゐました。

三人は、力のこもつた、うつくしい歌をうたひました。森の小鳥は、みんな、じぶんたちの歌をやめて、うつとりと、その歌に耳をかたむけました。

王さまはその間、木の洞《ほら》の中にはいつて、日がしづむまで眠つてゐました。王さまはもうずゐぶんの年でした。いつも水につかつてゐる青い髪や、青い長い口ひげは、もはや水苔《みづごけ》のやうにどろどろにふやけて、顔中には、かぞへ切れないほどのしわが、ふかくきざまれてゐました。

或とき、二三人の旅人が、この湖水のそばをとほりかゝりました。その人たちは、このあたりの景色のいゝのに引きつけられて、湖水のそばへ、神さまの礼拝堂をたてました。

すると、それを聞きつたへて、毎年方々から、いろんな人がおまゐりに来ました。礼拝堂の番人は、日に三度づゝ、小さな鐘をならしました。

一たい妖女には、鐘の音がなによりもこはくてたまらないのでした。妖女の王さまや三人の王女や、小さな妖女たちは、その礼拝堂が出来てからは、せつかく岸の草の上へ来てたのしんでゐてもとき／″＼ふいに鐘がじやん／＼なり出すので、そのたんびにみんな、

「あツ。」と、ちゞみ上つて、おほあわてにあわてゝ、水の下へにげこみました。しまひには、どんなに岸の上の日の光がこひしくても、出て来るのがこはいので、しかたなしに、毎日水の底で、陰気なおもひをしてくらしてゐました。それでも、どうかすると、鐘の音は、その水の下までひゞいて来ることがありました。

妖女の王さまは、これではたまらないと言つて、いろ／＼に考へをこらしたあげく、とう／＼、水の中の藻草《もぐさ》の茎をすつかり集めさせて、それでもつて湖水の天井へ一面にあついおほひをつくら

せました。そしてその上へ、苔と青い草とをずらりとうゐさせました。ですから湖水の面は、ちやうど、青々したひろい草つ場のやうに見えました。そのおほひには、ところ〴〵に窓を開けて、日の光が水の下へさしこむやうにしておきました。

王さまたちは、もうこれでだいぢやうぶだと思つてよろこんでゐますと、鐘の音は、そのおほひを突きとほして、やつぱりじやん〴〵聞えて来ます。王さまは、そのたんびに、悔しがつて、ひげをかきむしつて怒り狂ひました。王女や小さな妖女たちは、おびえておん〴〵泣きました。

村の牛飼《うしかひ》や羊飼《ひつじかひ》たちは、とき〴〵湖水の中から、ふしぎな泣きごゑが聞えるものですから、気味悪がつて、その近くの草つ場へは一人も出てこなくなりました。

二

そのうちに、村の或《ある》百姓の家《うち》で、よその土地から来た、牛飼《うしかひ》の若ものをやとひました。百姓は、そのわかものに、湖水のふちの草つ場へはけつしていかないやうに注意しておきました。

ところが、その若ものは、剛情な男でしたから、さう言はれると、わざと、夜一人で出かけていつて、湖水のふちでたき火をして、そのそばへ寝ころんでゐました。

すると、間もなく、ふは／＼した、緑いろの、びろうどの着物を着た、小さな人が、どこからともなくひよいと出て来ました。見ると、その小さな人は、ぬら／＼した青い髪の上に、立派な金の冠をつけて、同じやうな青い色の、ぬら／＼したひげを長くたらしてゐました。若ものは、これは水の中の妖女《えうぢよ》の王さまだとすぐに気がつきました。それでも、びくともしないで、

「もし／＼、何か私《わたし》に用がおありですか。」と聞きました。

妖女の王さまは、長いひげから、水をしぼりながら、

「じつはお前さんに金と銀を一と袋づゝ上げようと思つて出て来たのだ。」と言ひました。

「それでは私《わたし》も何かお上げしなければなりませんか。」と、牛飼《うしかひ》は聞きました。王さまは、

「いや／＼べつに何にもくれなくてもいゝ。たゞ、どうか、あの礼拝堂の鐘をそつと下《おろ》して来て、あすこに見える、赤い幹の木のぢき下に、湖水の窓が開いてゐるから、そこから、水のそこへ投げこんでくれないか。私《わたし》の持つて来た金と銀は、革の袋にはいつて、その赤い幹の木にかけてある。袋は、私が一しよにいつて下《おろ》さなければ、重くて下されはしない。鐘を投げてくれゝば、その袋を二つともお前に上げよう。」と言ひました。

若ものはよろこんで、すぐに引きうけました。そしてその晩夜中になつて、礼拝堂の番人のおぢいさんが、ぐう／＼寝入つてゐるところを見はかつて、そうつと鐘を盗み出して来ました。

妖女の王さまは、ちやんと、赤い幹の木の下へ来て待つてゐました。王さまは鐘を手に取ると、

まん中に下《さが》つてゐる打金《うちがね》をもぎ取つて、鐘だけを若ものにわたしました。そして、じぶんはその打金を持つて、水の中をわたつていきました。若ものはざぶ／＼と後へついて行つて、間もなく湖水の窓のところへ来ると、そこから鐘をどぶんと投げこみました。

妖女の王さまは、すぐに、木の枝につるしてあつた、二つの袋を下《おろ》して、若ものゝ肩へかけてやると、そのまゝ水の下へ沈んでしまひました。

若ものは、その袋の重いのにびつくりしました。とても一人では岸の上まではこびきれさうもありません。しかし、一生けんめいに力を出して、うん／＼うめきながら、やつと岸までかへりました。すると、二つの足が土につくかつかないうちに、からだがひとりでにずん／″＼前にこゞまつて、とう／＼四つんばひになりました。そして、

「おや。」と思ふ間に、からだがすつかり牡牛《をうし》になつてしまひました。

その若ものをやとつてゐる百姓は、翌《あく》る朝おきて牛小屋へいつて見ますと、寝てゐた間に、見つけない大きな黒い牡牛《をうし》が一ぴきふえてゐたので、ふしぎに思ひました。

見ると、その牛の頭には、重たさうな革の袋が二つくゝりつけてあります。百姓はためしに中をあけて見ますと、片方の袋には金が一ぱい、もう一つの方には銀が一ぱいはいつてゐるので、なほびつくりしました。

すると、牛は人間と同じやうな声を出して、おん／＼泣き出しました。百姓はへんな牛だと思ひ

ながら、そのまゝ飼つておきました。

礼拝堂では、だれかゞ鐘を盗んだと言つて番人のおぢいさんがさわぎ立てました。金と銀をまうけた百姓は、信心のふかい人でしたから、それを聞くと、すぐに、袋の金を出して、べつの鐘を買つて来て、礼拝堂へをさめました。番人のおぢいさんは、その鐘をつるして、ためしに鳴らして見ました。さうすると、ふしぎなことには、その鐘は、まるで泥《どろ》かなんかでこしらへたやうに、いくら鳴らしてもちつとも鳴りませんでした。

その晩、番人が寝入りますと、夜中になつて、小さな妖女たちが、ぞろ〳〵といくたりも〳〵湖水の中から出て来て、みんなで手をつないで、わになつて、礼拝堂の前でとん〳〵をどりををどりました。

みんなは、かういふ歌をくりかへし〳〵歌ひながら、面白さうに、おほさわぎをしてをどりました。

「番人さん〳〵、
お前のお汁《しる》にや塩気がない。

塩気がない。

そこらのだれかに借りといで、
貸さなきや、蹴《け》つておやりなさい。

じやん〳〵じやん、

「じやん／＼じやん。」

と、鐘の音のまねをして、鳴らない鐘をつく番人をさん／″＼にからかつていきました。

三

或晩《あるばん》、番人のおぢいさんは、神さまが、湖水の下の妖女《えうぢよ》の王の御殿へつれてつて下すつて、盗まれた鐘がかくしてあるのを見せて下すつた夢を見ました。番人は、ふしぎな夢を見たものだと思つて、みんなに話しました。村中の人は、それを聞いて、そんなら、あの鐘はきつと湖水の底にしづんでゐるにちがひないと言ひました。

だいたんな若ものたちは、その鐘をとり出して来ると言つて、代る／″＼湖水のそこへもぐりこみました。しかし、みんな水の下へはいつたきり、一人も浮き上つたものがありませんでした。それは、いたづら好きな妖女たちが、人が水の中へはいつて来ると、片はしから魂をぬきとつて、からのからだを、水草の中へかくしてしまふからでした。

だいじな息子をなくしたおほぜいの母親たちは、毎日泣いてくらしました。村中の人はこれはきつと、湖水の中におそろしい魔物がゐるのにちがひないと言つて、若ものたちに、一さい湖水のそばへいかないやうに、きびしく言ひきかせました。

湖水の中からは、月の光の青くさえた、しづかな晩には、何とも言へない、美しい歌の声が聞えて来ました。それは妖女たちがうたふ魔法の力のこもつた歌でした。若ものたちは、その歌の声が聞えると、つい知らず〳〵引きつけられて、ひとりでに湖水の岸へ出て行きました。

行つて見ると、湖水の中には、美しい小さな女たちが、きら〳〵と銀色に光つてゐる水をあびながら、声をそろへて歌をうたつてゐます。若ものたちは、その姿をうつとりと見てゐるうちに、いつの間にかひとりでにざぶ〳〵と水の中へはいつて、その女たちのそばへ泳いでいかずにはゐられませんでした。そして、いくとそれなり、みんな水のそこへ沈んでしまひました。

例のふしぎな黒い牛を飼つてゐる百姓の家《うち》には、三人の息子がゐました。三人は一人づゝ、代り合つて、牛の番をしてゐました。

或夕方一番上の息子は、牛を草つ場へつれて出て、じぶん一人はずん〳〵湖水の方へ出かけました。すると、ふしぎな黒い牛は、それを見て悲しさうな声を立てゝ泣きました。牛はおよしなさい〳〵と言つてとめたのでした。

しかし若ものは、平気でどん〳〵湖水の岸へ行つて、草の上に坐《すわ》つてゐました。すると間もなく月が出ました。そしてそれと一しよに、妖女の王さまの一ばん上の王女が、水の中から姿をあらはしました。

色のまつ白い美しい王女は、金色の髪に、うす青いすゐれんの花冠《はなかんむり》をつけて、かげろふでこしらへた、銀色の着物を着てゐました。そのかはいらしい唇《くちびる》は、ちやうど珊瑚《さんご》のやうな赤い色をしてゐました。若ものは、月の光の中《うち》に浮いてゐる、その美しい妖女を見ると、びつくりして、いつまでも目をはなさずに、うつとりと見守つてゐました。妖女はにこやかにほゝゑみながら、若ものに言葉をかけました。

「牛飼《うしかひ》さん、こちらへ入らつしやい。一しよに私《わたし》のお家《うち》へ行きませう。私のお家は、紅宝石《ルービー》と緑柱石《エメラルド》のかざりのついた、きれいな水晶の御殿です。窓の外にはきら／＼光る貝殻《かひがら》のやうな、うつくしい花が一ぱいさいてゐます。どうぞ一しよに来て下さい。さうすれば私《わたし》はあなたのお嫁さんになつて上げます。そして二人で楽しく暮しませう。」かう言つて若ものをさそひました。若ものは、

「でも私《わたし》たちは、あなたのやうに水の中には住めません。それよりも、私の家《うち》へ入らしつて下さい。私の家《うち》はよく日のあたるきれいな丘の上にたつてゐて、庭にはいろんな花がたくさんさいてゐます。朝になると、家中《うちぢゆう》には金のやうな黄色い日の光が一ぱいさします。それは水の中の紅宝石《ルービー》や緑柱石《エメラルド》でかざつた御殿よりも、もつと美しいだらうと思ひます。どうぞ私と一しよに入らしつて下さい。そして私のお嫁になつて下さい。」

かう言つて頼みました。

すると妖女は、こちらの岸へすら／＼と泳いで来ました。若ものは、よろこんで、妖女のさし出

す手を取つて、引き上げようとしました。すると、人間よりもずつと力のつよい妖女は、いきなり若ものゝ手をつかんで、

「あツ。」といふ間に、もう水の底へ引きこんでしまひました。

その翌《あく》る晩、二番目の息子は、同じやうにして、二ばん目の王女にだまされて、水のそこにしづんでしまひました。

四

そのあくる晩は三ばん目の息子の番でした。

母親は、つゞけて二人の息子になくなられたので、三ばん目の息子には、お前だけはどうぞ湖水のそばへいかないでおくれと泣き／＼たのみました。息子は、

「何、だいぢやうぶです。私《わたし》はあすこへいつたつて、けつして妖女《えうぢよ》なんぞにまけはしません、安心してゐて下さい。」

かう言つて、晩になると、一人で出ていき、岸の、青い木の下に坐《すわ》つて、銀の笛を吹きはじめました。笛の音は、暗い水の上を渡つて、遠くまでひゞきました。

すると、やがて月が上《のぼ》るのと一しよに、妖女の王の三ばん目の王女が、ふうはりと水の上へ出て来ました。

その王女は三人のきやうだいの中で一ばん美しい妖女でした。今、その妖女は、ふさ／＼した髪に、わすれな草の花冠《はなかんむり》をつけて、にじでこしらへた、硝子《がらす》のやうにすきとほつてゐる、きら／＼光る着物を着て、くびに真珠のくびかざりをつけ、金の帯を結んでゐました。若ものはその美しい女を見ると、びつくりして笛をやめて、

「もし／＼、妖女さん、こゝへ入らつしやい。どうぞ私《わたし》のお嫁になつて下さい。」とたのみました。妖女は、その若ものが、また海へしづむやうになつてはかはいさうだと思つて、

「さあ、早くあちらへおかへりなさい。私《わたし》たちは人間のお嫁になるわけにはいかないのです。第一人間は私たちの姿を見るものではありません。」と言ひました。若ものは、

「さう言はないで一しよに来てください。私《わたし》は一人でかへるのはいやです。」と言つて、そのまゝそこを動かうともしませんでした。妖女は、

「どうしてそんなに私《わたし》に来い／＼とおつしやるのです。私のこの真珠のくびかざりがほしいのですか。さあ、これを上げませう。それともこの金の帯がおすきなのですか。それではこれも上げませう。」と言ひながら、その両方を、岸の上へ投げました。若ものは、

「いえ／＼そんなものはいりません。私《わたし》はあなたがほしいのです。あなたのその珊瑚《さんご》のやうな口と

星のやうなその青い目がすきなのです。私はあなたをもらつて、お母さまのところへつれてかへつて、小鳥のやうにだいじにして上げたいのです。」

かう言つて、くびかざりや金の帯には見向きもしませんでした。妖女はこの若ものが好きになりました。それで急いで岸へ泳いで来て、両方の手をさし出しました。

若ものはその手を取つて妖女を引き上げようとしました。

妖女の王さまや、小さな妖女たちは、下からそれを見てびつくりして、あわてゝ水の中をかけて来て、もう少しのことで王女の足をつかまへようとしました。しかし妖女といふものは、人間の子をすきだと思ふと、たちまち妖女の魔力がなくなつてしまふのでした。ですから、若ものは、それなりやす／＼とその妖女を岸へ引き上げて、お家《うち》へつれてかへりました。

妖女の王さまや、小さな妖女たちは、だいじな王女が人間にさらはれてしまつたので、それはそれは悔しがつて、いきなり湖水のそこから、大きな／＼大浪《おほなみ》を立てゝ、どん／＼岸へぶつけ／＼しました。大浪《おほなみ》はまるで悪魔のやうに荒れ狂つて、夜どほし、がう／＼と岸へ乗り上げ、そこいらの森の立木《たちき》といふ立木を、すつかり引きぬいて持つていきました。

若ものゝふた親は息子がうつくしいお嫁をつれてかへつたので、たいへんによろこんで、すぐに御婚礼をさせました。村中の人は、その美しいお嫁さんを見て、びつくりしないものはありませんでした。しかし、家《うち》の人でさへも、まさかそれが妖女だらうとは気がつきませんでした。

若い二人は、ちやうど二つの小鳩《こばと》のやうに仲よくくらしました。みんなは、二人を見て、世の中にこれほど仕合《しあは》せな人はないだらうと思ひました。

妖女はどこを見てもちつとも人間とちがつたところはありませんでした。たゞよく気をつけて見ると、妖女が手にさはつたものは、かならず、そこだけしめり気がつきました。暑い〳〵夏の日にしをれて頭をかしげてゐる庭の花でも、妖女がそばへ来ると、ぢきに勢《いきほひ》よく頭をもち上げました。妖女はそのかはいらしいまつ白な指の先から、水のしづくを出して、あはれな花を生きかへらせるのでした。

若ものゝお母さまは、よくものに気のつく人でした。そのお母さまだけは、嫁の手がさはつたところには、きつとしめり気がのこるのを見て、一人でへんだ〳〵と思ひました。

五

そのうちに、ぢきに一年たちました。すると妖女《えうぢよ》のお嫁さんには、男の子が一人生れました。

妖女は、人がだれもゐないときには、そつとたらひに水を入れて、生れたばかりの赤ん坊をその中へ入れました。すると、赤ん坊は魚のやうに、自由に水の中を泳ぎまはりました。その子どもは丈夫にどん／＼大きくなりました。村中の人はみんな、その子のだいたんなことゝ、水を上手に泳ぐのとに、びつくりしてしまひました。男の子は、湖水を、こちらの岸から一ばん向うの遠い岸まで、さつさと泳いでわたりました。それから、人が何でも湖水の中へ落すと、すぐに水のそこへもぐつて、どんなものでも、またゝく間にさがし出して来ました。

それから、いく年もたつて、男の子は大きな大人になりました。お祖父《ぢい》さんやお祖母《ばあ》さんは、もうとつくになくなつてしまひました。お父さんも、もうだいぶ年よりになりました。

ところがたつた一人、お母さんの妖女だけは、いつまでたつても、お嫁に来たときとちつともかはらず、まるで息子の若ものと同じ年ぐらゐに見えました。

と、或《ある》夏、その地方にはたいへんなひでりがつゞきました。村々の畠《はたけ》といふ畠はすつかりこげついたやうに荒れてしまひますし、果物の畠も、そこらの木といふ木も一本ものこらず枯れてしまひました。それから、どこの家の井戸も、水がきれいに干上つてしまつたので、みんなはこまつて大さわぎをしました。

ところが例の湖水だけは、あべこべに、どん／＼水がふえて、だん／＼と岸の上へあふれ出して来ました。今までひでりでさわいでゐた村の人は、今度はまた急に大水におどろかされてあわて出しました。

湖水の水は見てゐるうちに、おそろしい勢《いきほひ》で四方にひろがつて、今にも村中がのこらず、つかりさうになりました。

若ものゝお母さんの妖女は、そのまゝぢつとしてゐると、じぶんたちの命もあぶないので、息子の若ものをつれて水のふちへ行つて、こつそりと、湖水の秘密を話しました。

「この湖水の下には私《わたし》のお父さまの、王さまが、水晶の御殿の中に住んでゐるのです。私たちは三人の姉妹《きやうだい》だけれど、三人ともみんなお母さまがちがつてゐて、一ばんのお姉さまを生んだのは、大空の雲だし、中のお姉さまは地に湧《わ》く泉のお腹《なか》に生れ、私《わたし》は草の葉にふる露のお腹《なか》に出来たのです。

お父さまの王さまは、それは／＼気のみじかいひどい人で、人間と、人間の住んでゐるこの地面とがにくゝなると、すぐに、私《わたし》たち三人のお母さまを湖水の底へよびよせて、一と間へおしこめてしまふのです。それだから、今度も地の上がすつかりひでりになつてしまつて、そのかはりに、湖水の水だけがこんなにどん／＼ふえて来たのです。

これなりはふつておくと、おまへのお父さんもおまへも私も、今にみんな、村中の人と一しよにおぼれて死なゝければなりません。

それで、ごくらうだが、お前はこれから急いで湖水の底へ行つて来て下さい。あすこにまるめろといふ木が生えてゐるでせう？　あの枝を一本をつて、それを持つて水の下へもぐつておいきなさい。さうすると、いろんなお化《ばけ》が出て来て、追ひかへさうとするから、そのときにはまるめろの枝でなぐつてやれば、お化はみんなおそれてにげてしまひます。

それからなほずん〳〵いくと、黄色いすゐれんの花がたくさんさいてゐるところへ来ます。その花の向うに、お祖父《ぢい》さまの水晶の御殿があるのです。水晶だから壁もすつかりすきとほつて、中に何千となくならんでゐる部屋〴〵が一と目に見えます。その部屋は、どれもみんな、大きなダイヤモンドやエメラルドでかざつてあつて、柱にはルービーがいくつもはまつてゐます、部屋の戸口戸口には、羽根の生えた竜《りゆう》が、二ひきづゝ番をしてゐます。

その竜がゐてもけつしておそれるにはおよびません、まるめろの枝でなぐつてやれば、みんな石になつてしまひます。その部屋〴〵をとほりぬけて、どこまでも、まつすぐに進んでいくと、一ばんしまひに、エメラルドの戸のはまつた、りつぱなお部屋へ来ます。そこがお祖父さんの寝室です。

そのお部屋は、天井が真珠で張つてあつて、床はすつかり貝のからで出来てゐます。その中へはいると、いくつもならんでゐる大きな花瓶《くわびん》に、珊瑚《さんご》のやうな花と、黄金のやうな果物のなつてゐる木とがさしてあります。四方の壁には大きな水草《みづぐさ》の中からふき出てゐる、綿のやうな蜘蛛《くも》の網が、一ぱいたれてゐます。その壁かけの上には、小さなうす赤い色をした蛙《かへる》が、いくひきもとまつてゐて、青い蜘蛛たちと一しよに、きれいな声で歌をうたつてゐます。

そのお部屋に、長い〳〵青いひげの生えた王さまが、緑色のびろうどの着物を着て、帯のかはりに、銀色の蛇《へび》をまきつけて、椅子《いす》にかけてゐます。

その両側には、私の二人のお姉さまが坐《すわ》つて、魚のひれでお父さまをあふいでゐます。

おまへが行くと、お父さまやお姉さまは、みんなでおまへのごきげんを取つて、宝物のおくらへつれて行つて、金や銀やダイヤモンドを上げようと言ふにきまつてゐます。しかし、そんなものには一さい手をふれてはいけません。それよりも、そのおくらの中には、小さなびんが十二はいつてゐる、硝子《がらす》のはこが一つあるから、それをおもらひなさい。

それから、そのつぎには同じおくらのすみの方にかくしてある、さびついた鐘をおもらひなさい。それは、あすこの、あの礼拝堂の鐘なのです。

もし、その鐘だけはやられないと言つたら、そんならまるめろの枝でその鐘をたゝくよと言つておどかしてごらんなさい。さうすれば、きつとくれます。

十二のびんは、もらつたらすぐに口をお開けなさい。そして鐘だけもつてかへつていらつしやい。しかしよく言つておくが、王さまの御殿を出てしまふまでは、けつしてその鐘は鳴らしてはいけませんよ。何かへぶつけてひとりでに鳴つてもいけないのだから、よく気をつけてね。

そして御殿を出て、戸口を少しはなれたら、お前のありたけの力を出して、その鐘を三べんおたたきなさい。分つたね。それでおまへの行つた用事はすむのです。」

お母さまはかう言つて、くはしくをしへました。

六

若ものはすぐにまるめろの枝を一と枝をつて、湖水の中へとびこみました。すると、いつの間にか、数のしれないほど大ぜいの、おそろしいお化《ばけ》が、ぐるりとまはりをとりまきました。見ると、頭が三つあつて、火のやうな目がたくさん光つてゐる化物《ばけもの》や、頭の先の平つたいのや、円いのがゐるかと思ふと、顔だけ人間でからだが大きな〳〵大とかげになつてゐるのや、そのほか、馬の頭をつけた竜《りゅう》だの、草や木に巻きついて、それを片はしから食つてしまふやうな、動物見たいな藻草《もぐさ》だの、それは〳〵いろ〳〵さま〴〵の大きなお化や小さなお化がうよ〳〵むらがつて、若ものをおそひにかゝりました。しかし若ものは少しもおそれないで、飛びかゝつて来るお化を片はしからまるめろの枝でぽん〳〵なぐりつけました。するとお化どもは、みんなちゞみ上《あが》つて、どん〳〵にげてしまひました。

若ものはやがて黄色いすゐれんの花の中をとほりぬけて、水晶の御殿の廊下へ上《あが》つていきました。すると、眠つてゐた小さな妖女《えうじょ》たちは、その足音にびつくりして、目をさまし、大あわてにあわてゝ王さまのところへしらせにいきました。

若ものは部屋〴〵の戸口に番をしてゐる竜を、片はしから石にして、ずん〳〵王さまの寝室へ近づきました。王さまは、それを見るとたいへんに怒つて、

「何ものかツ。」と、どなりながら、手にもつてゐた金のむちで、いきなり若ものゝ顔をぶちました。

若ものは、すばやく身をかはして、まるめろの枝でそのむちをたゝきおとしました。

すると、王さまはおそれて飛びのきました。王さまのそばについてゐた姉妹《きやうだい》二人の妖女は、若ものゝまへゝ来て膝《ひざ》をついて、

「どうぞおゆるしなすつて下さいまし。あすこのおくらには、金や銀やダイヤモンドや、ルービーや、珊瑚《さんご》や真珠が一ぱいはいつてをりますから、おいりになるだけお取り下さいまし。そしてもうどうぞ、このまゝおかへりになつて下さいまし。」

かう言つて、若ものをおくらへつれていきました。若ものは、

「私《わたし》はそんなものがほしくて来たのではない。それよりも、あすこの硝子《がらす》のはこにはいつてゐるびんを下さい。」と言ひました。

妖女は仕方なしにその十二のびんを出してわたしました。若ものはそれをうけとると、すぐに、片はしからびんの口を開けました。するとその中から、たくさんの白い形をしたものが、うれしさうに大声をあげてさけびながら、どん〳〵飛び出して、御殿の外へかけ出しました。それは妖女たちがさらつて行つた人間のたましひでした。

二人の妖女は若ものゝきげんをとつて、どうぞこちらへ入らしつて、ごちそうをめし上つて下さいと言ひました。しかし若ものは、

「それよりもあなた方は、礼拝堂の鐘をこのくらにかくしてゐるでせう? 早くそれをこゝへお出しなさい。」と言ひました。

するとニ人の妖女も、小さな妖女たちも、たちまちぶる〳〵ふるへながら、大声を上げて泣き出しました。妖女の王さまも、小さくなつて、がた〳〵ふるへ出しました。

でも、仕方がないので、二人の妖女は、とう〳〵その鐘を出してわたしました。若ものは、鐘のさびをきれいにふきおとして、いそいで御殿を出ていきました。そして、御殿から少しはなれるとすぐに、ありたけの力を出して、鐘をじやアんと鳴らしました。

すると、今までりつぱにたつてゐた水晶の御殿は、またゝく間に、音もたてずに、ほろ〳〵とくだけて、珊瑚の柱も、真珠の天井も、みんな粉になつて、水の底の砂の上にちつてしまひました。

若ものはつゞけてもう一つじやアんと鳴らしました。すると今度は、湖水中のお化や、すべての小さな妖女が、一どに湖水の底へきえてしまひました。

若ものが三度目にじやアんと鳴らしますと、二ひきのほそい銀色の魚が、くづれおちた御殿のまはりを、ぐる〳〵およぎまはりはじめました。それから一ぴきの大きなかうもりが、こはれおちてゐる煙筒《えんとつ》の上へ来てとまりました。それは、二人の王女と、妖女の王さまとが、さういふ魚とかうもりとになつてしまつたのでした。かうもりになつたのは妖女の王さまでした。

七

若ものはそのまゝ鐘をもつて、いそいで岸へ上りました。

するとさつきまでどん／＼あふれてゐた湖水は、いつの間にか、もとのとほりに水が引いてゐました。若ものはそれを見て安心して、家《うち》へかへりかけますと、向うから、それは／＼年を取つたよぼ／＼のおぢいさんが出て来て、若ものゝ足下にひざをついて、ぽろ／＼と涙をながしながら、いくどもいくどもお礼を言ひました。そのおぢいさんのくびには、これまで、例のふしぎな黒い牡牛《をうし》のくびにつけてあつた綱がまきついてゐました。

それは、鐘をぬすんで湖水へ投げこんだ、あの牛飼《うしかひ》でした。牛飼は、妖女《えうぢよ》の王さまの魔法にかゝつて、こんなよぼ／＼のおぢいさんになるまで、永い間牛にされてゐたのが、若ものが鐘を鳴らしてくれたおかげで魔法がやぶれて、やつともとの人間にかへれたのでした。

若ものは、間もなく家《うち》へかへつて見ますと、だれだか知らない、年を取つたおばあさんがうれしさうに出て来て、

「おゝ、お前か。よく鐘を鳴らしておくれだつた。」と言ひ／＼、若ものに頬《ほほ》ずりをしました。若ものはへんな顔をして家《うち》の中へはいつて、

「母さんはどこにゐます。」と、お父さんにたづねました。お父さんは、
「そら、あれがお前の母さんだよ。」と言ひながら、さつきのおばあさんのそばへつれていきました。

若ものはびつくりして、じろ〱とおばあさんの顔を見さぐりました。お父さんは、
「おまへがおどろくのは無理もない。じつはおまへの留守の間に、あのわか〱しかつた母さんが私《わたし》の見てゐる目のまへでずん〱年をとつて、とう〱こんなに、私と同じやうな年よりになつてしまつたのだ。

それからおまへが鳴らした、一ばんはじめの鐘の音が聞えると、母さんは、もう妖女ではなくてあたりまへの人間になつたのだ。これからは三人で楽しくくらしていきませう。」

かう言つて、手を合せて、なが〱と神さまにおいのりを上げました。

赤いろうそくと人魚

小川未明

一

人魚《にんぎょ》は、南の方の海にばかり棲んでいるのではありません。北の海にも棲《す》んでいたのであります。

北方《ほっぽう》の海の色は、青うございました。あるとき、岩の上に、女の人魚《にんぎょ》があがって、あたりの景色《けしき》をながめながら休んでいました。

雲間《くもま》からもれた月の光がさびしく、波の上を照らしていました。どちらを見ても限りない、ものすごい波が、うねうねと動いているのであります。

なんという、さびしい景色だろうと、人魚は思いました。自分たちは、人間とあまり姿は変わっていない。魚や、また底深い海の中に棲んでいる、気の荒い、いろいろな獣物《けもの》などとくらべたら、どれほど人間のほうに、心も姿も似ているかしれない。それだのに、自分たちは、やはり魚や、獣物などといっしょに、冷たい、暗い、気の滅入りそうな海の中に暮らさなければならないというのは、どうしたことだろうと思いました。

長い年月の間、話をする相手もなく、いつも明るい海の面をあこがれて、暮らしてきたことを思いますと、人魚はたまらなかったのであります。そして、月の明るく照らす晩に、海の面に浮かんで、岩の上に休んで、いろいろな空想にふけるのが常でありました。

「人間の住んでいる町は、美しいということだ。人間は、魚よりも、また獣物よりも、人情があってやさしいと聞いている。私たちは、魚や獣物の中に住んでいるが、もっと人間のほうに近いのだから、人間の中に入って暮らされないことはないだろう。」と、人魚は考えました。

その人魚は女でありました。そして妊娠《みもち》でありました。……私たちは、もう長い間、このさびしい、話をするものもない、北の青い海の中で暮らしてきたのだから、もはや、明るい、にぎやかな国は望まないけれど、これから産まれる子供に、せめても、こんな悲しい、頼りない思いをさせたくないものだ。……

子供から別れて、独り、さびしく海の中に暮らすということは、このうえもない悲しいことだけれど、子供がどこにいても、しあわせに暮らしてくれたなら、私の喜びは、それにましたことはない。

人間は、この世界の中で、いちばんやさしいものだと聞いている。そして、かわいそうなものや、頼りないものは、けっしていじめたり、苦しめたりすることはないと聞いている。いったん手づけたなら、けっして、それを捨てないとも聞いている。幸い、私たちは、みんなよく顔が人間に似ているばかりでなく、胴から上は人間そのままなのであるから——魚や獣物の世界でさえ、暮らされるところを思えば——人間の世界で暮らされないことはない。一度、人間が手に取り上げて育ててくれたら、きっと無慈悲《むじひ》に捨てることもあるまいと思われる。……

人魚は、そう思ったのでありました。

せめて、自分の子供だけは、にぎやかな、明るい、美しい町で育てて大きくしたいという情けから、女の人魚は、子供を陸の上に産み落とそうとしたのであります。そうすれば、自分は、ふたたび我が子の顔を見ることはできぬかもしれないが、子供は人間の仲間入りをして、幸福に生活をすることができるであろうと思ったのです。

はるか、かなたには、海岸の小高《こだか》い山にある、神社の燈火《あかり》がちらちらと波間《なみま》に見えていました。ある夜、女の人魚は、子供を産み落とすために、冷たい、暗い波の間を泳いで、陸の方に向かって近づいてきました。

二

海岸に、小さな町がありました。町には、いろいろな店がありましたが、お宮《みや》のある山の下に、貧《まず》しげなろうそくをあきなっている店がありました。

その家には、年よりの夫婦が住んでいました。おじいさんがろうそくを造って、おばあさんが店で売っていたのであります。この町の人や、また付近の漁師がお宮へおまいりをするときに、この店に立ち寄って、ろうそくを買って山へ上りました。

山の上には、松の木が生えていました。その中にお宮がありました。海の方から吹いてくる風が、松のこずえに当たって、昼も、夜も、ゴーゴーと鳴っています。そして、毎晩のように、そのお宮にあがったろうそくの火影《ほかげ》が、ちらちらと揺らめいているのが、遠い海の上から望《のぞ》まれたのであります。

　ある夜のことでありました。おばあさんは、おじいさんに向かって、

「私たちが、こうして暮らしているのも、みんな神さまのお蔭《かげ》だ。この山にお宮がなかったら、ろうそくは売れない。私どもは、ありがたいと思わなければなりません。そう思ったついでに、私は、これからお山へ上っておまいりをしてきましょう。」といいました。

「ほんとうに、おまえのいうとおりだ。私も毎日、神さまをありがたいと心ではお礼を申さない日はないが、つい用事にかまけて、たびたびお山へおまいりにゆきもしない。いいところへ気がつきなされた。私の分もよくお礼を申してきておくれ。」と、おじいさんは答えました。

　おばあさんは、とぼとぼと家を出かけました。月のいい晩で、昼間のように外は明るかったのでありました。お宮へおまいりをして、おばあさんは山を降りてきますと、石段の下に、赤ん坊が泣いていました。

「かわいそうに、捨て子だが、だれがこんなところに捨てたのだろう。それにしても不思議なことは、おまいりの帰りに、私の目に止まるというのは、なにかの縁だろう。このままに見捨てていっては、神さまの罰が当たる。きっと神さまが、私たち夫婦に子供のないのを知って、お授けになったのだから、帰っておじいさんと相談をして育てましょう。」と、おばあさんは心の中でいって、赤ん坊

を取り上げながら、

「おお、かわいそうに、かわいそうに。」といって、家へ抱いて帰りました。

おじいさんは、おばあさんの帰るのを待っていますと、おばあさんが、赤ん坊を抱いて帰ってきました。そして、一部始終をおばあさんは、おじいさんに話しますと、

「それは、まさしく神さまのお授け子だから、大事にして育てなければ罰が当たる。」と、おじいさんも申しました。

二人は、その赤ん坊を育てることにしました。その子は女の子であったのです。そして胴《どう》から下のほうは、人間の姿でなく、魚の形をしていましたので、おじいさんも、おばあさんも、話に聞いている人魚にちがいないと思いました。

「これは、人間の子じゃあないが……。」と、おじいさんは、赤ん坊を見て頭を傾けました。

「私も、そう思います。しかし人間の子でなくても、なんと、やさしい、かわいらしい顔の女の子でありませんか。」と、おばあさんはいいました。

「いいとも、なんでもかまわない。神さまのお授けなさった子供だから、大事にして育てよう。きっと大きくなったら、りこうな、いい子になるにちがいない。」と、おじいさんも申しました。

その日から、二人は、その女の子を大事に育てました。大きくなるにつれて、黒目勝《くろめが》ちで、美しい頭髪《かみのけ》の、肌の色のうす紅《くれない》をした、おとなしいりこうな子となりました。

三

娘は、大きくなりましたけれど、姿が変わっているので、恥ずかしがって顔を外へ出しませんでした。けれど、一目その娘を見た人は、みんなびっくりするような美しい器量《きりょう》でありましたから、中にはどうかしてその娘を見たいと思って、ろうそくを買いにきたものもありました。

おじいさんや、おばあさんは、

「うちの娘は、内気《うちき》で恥ずかしがりやだから、人さまの前には出ないのです。」といっていました。

奥の間でおじいさんは、せっせとろうそくを造っていました。娘は、自分の思いつきで、きれいな絵を描いたら、みんなが喜んで、ろうそくを買うだろうと思いましたから、そのことをおじいさんに話しますと、そんならおまえの好きな絵を、ためしにかいてみるがいいと答えました。

娘は、赤い絵の具で、白いろうそくに、魚や、貝や、または海草《かいそう》のようなものを、産まれつきで、だれにも習《なら》ったのではないが上手に描きました。おじいさんは、それを見るとびっくりいたしました。だれでも、その絵を見ると、ろうそくがほしくなるように、その絵には、不思議《ふしぎ》な力と、美しさとがこもっていたのであります。

「うまいはずだ。人間ではない、人魚が描《か》いたのだもの。」と、おじいさんは感嘆《かんたん》して、おばあさんと話し合いました。

「絵を描《か》いたろうそくをおくれ。」といって、朝から晩まで、子供や、大人がこの店頭《みせさき》へ買いにきました。はたして、絵を描いたろうそくは、みんなに受けたのであります。

するとここに不思議な話がありました。この絵を描いたろうそくを山の上のお宮《みや》にあげて、その燃《も》えさしを身につけて、海に出ると、どんな大暴風雨《だいぼうふうう》の日でも、けっして、船が転覆《てんぷく》したり、おぼれて死ぬような災難《さいなん》がないということが、いつからともなく、みんなの口々《くちぐち》に、うわさとなって上《のぼ》りました。

「海の神さまを祭《まつ》ったお宮《みや》さまだもの、きれいなろうそくをあげれば、神《かみ》さまもお喜《よろこ》びなさるのにきまっている。」と、その町の人々はいいました。

ろうそく屋では、ろうそくが売れるので、おじいさんはいっしょうけんめいに朝から晩まで、ろうそくを造りますと、そばで娘は、手の痛くなるのも我慢して、赤い絵の具で絵を描いたのであります。

「こんな、人間並《にんげんなみ》でない自分をも、よく育てて、かわいがってくだすったご恩《おん》を忘れてはならない。」と、娘は、老夫婦のやさしい心に感じて、大きな黒い瞳《ひとみ》をうるませたこともあります。

この話は遠くの村まで響《ひび》きました。遠方《えんぽう》の船乗《ふなの》りや、また漁師は、神さまにあがった、絵を描いたろうそくの燃《も》えさしを手に入れたいものだというので、わざわざ遠いところをやってきました。

そして、ろうそくを買って山に登り、お宮《みや》に参詣《さんけい》して、ろうそくに火をつけてささげ、その燃えて短くなるのを待って、またそれをいただいて帰りました。だから、夜となく、昼となく、山の上のお宮《みや》には、ろうそくの火の絶《た》えたことはありません。殊《こと》に、夜は美しく、燈火《ともしび》の光《ひかり》が海の上からも望《のぞ》まれたのであります。

「ほんとうに、ありがたい神さまだ。」という評判は、世間にたちました。それで、急にこの山が名高《なだか》くなりました。

神さまの評判は、このように高くなりましたけれど、だれも、ろうそくに一心をこめて絵を描いている娘のことを、思うものはなかったのです。したがって、その娘をかわいそうに思った人はなかったのであります。娘は、疲れて、おりおりは、月のいい夜に、窓から頭を出して、遠い、北の青い、青い、海を恋しがって、涙ぐんでながめていることもありました。

四

あるとき、南の方の国から、香具師《やし》が入ってきました。なにか北の国へいって、珍しいものを探して、それをば南の国へ持っていって、金をもうけようというのであります。

香具師《やし》は、どこから聞き込んできたものか、または、いつ娘の姿を見て、ほんとうの人間ではない、じつに世に珍しい人魚であることを見抜いたものか、ある日のこと、こっそりと年寄り夫婦のところへやってきて、娘にはわからないように、大金を出すから、その人魚を売ってはくれないかと申したのであります。

年寄り夫婦は、最初のうちは、この娘は、神さまがお授《さず》けになったのだから、どうして売ることができよう。そんなことをしたら、罰が当たるといって承知をしませんでした。香具師《やし》は一度、二度断《こと》られてもこりずに、またやってきました。そして、年より夫婦に向かって、

「昔から、人魚は、不吉なものとしてある。いまのうちに、手もとから離さないと、きっと悪いことがある。」と、まことしやかに申したのであります。

年より夫婦は、ついに香具師《やし》のいうことを信《しん》じてしまいました。それに大金になりますので、つい金に心を奪われて、娘を香具師《やし》に売《う》ることに約束をきめてしまったのであります。

香具師《やし》は、たいそう喜んで帰りました。いずれそのうちに、娘を受け取りにくるといいました。

この話を娘が知ったときは、どんなに驚いたでありましょう。内気《うちき》な、やさしい娘は、この家から離れて、幾百里も遠い、知らない、熱い南の国へゆくことをおそれました。そして、泣いて、年より夫婦に願ったのであります。

「わたしは、どんなにでも働きますから、どうぞ知らない南の国へ売られてゆくことは、許してくださいまし。」といいました。

しかし、もはや、鬼のような心持ちになってしまった年寄り夫婦は、なんといっても、娘のいうことを聞き入れませんでした。

娘は、へやのうちに閉じこもって、いっしんにろうそくの絵を描いていました。しかし、年寄り夫婦はそれを見ても、いじらしいとも、哀れとも、思わなかったのであります。

月の明るい晩のことであります。娘は、独《ひと》り波の音を聞きながら、身《み》の行《ゆ》く末《すえ》を思うて悲しんでいました。波の音を聞いていると、なんとなく、遠くの方で、自分を呼んでいるものがあるような気がしましたので、窓から、外をのぞいてみました。けれど、ただ青い、青い海の上に月の光が、はてしなく、照らしているばかりでありました。

娘は、また、すわって、ろうそくに絵を描いていました。すると、このとき、表の方が騒がしかったのです。いつかの香具師《やし》が、いよいよこの夜《よ》娘を連れにきたのです。大きな、鉄格子《てつごうし》のはまった、四角な箱を車に乗せてきました。その箱の中には、かつて、とらや、ししや、ひょうなどを入れたことがあるのです。

このやさしい人魚も、やはり海の中の獣物《けもの》だというので、とらや、ししと同じように取り扱おうとしたのであります。ほどなく、この箱を娘が見たら、どんなにたまげたでありましょう。

娘は、それとも知らずに、下を向いて、絵を描いていました。そこへ、おじいさんと、おばあさんとが入ってきて、

「さあ、おまえはゆくのだ。」といって、連れだそうとしました。

娘は、手に持っていたろうそくに、せきたてられるので絵を描くことができずに、それをみんな赤く塗ってしまいました。

娘は、赤いろうそくを、自分の悲しい思い出の記念に、二、三本残していったのであります。

五

ほんとうに穏やかな晩のことです。おじいさんとおばあさんは、戸を閉めて、寝てしまいました。

真夜中ごろでありました。トン、トン、と、だれか戸をたたくものがありました。年寄《としょ》りのものですから耳さとく、その音を聞きつけて、だれだろうと思いました。

「どなた?」と、おばあさんはいいました。

けれどもそれには答えがなく、つづけて、トン、トン、と戸をたたきました。

おばあさんは起きてきて、戸を細めにあけて外をのぞきました。すると、一人の色の白い女が戸口に立っていました。

女はろうそくを買いにきたのです。おばあさんは、すこしでもお金がもうかることなら、けっして、いやな顔つきをしませんでした。

おばあさんは、ろうそくの箱を取り出して女に見せました。そのとき、おばあさんはびっくりしました。女の長い、黒い頭髪《かみのけ》がびっしょりと水にぬれて、月《つき》の光《ひかり》に輝《かがや》いていたからであります。女は箱の中から、真っ赤なろうそくを取り上げました。そして、じっとそれに見入《みい》っていましたが、やがて金を払って、その赤いろうそくを持って帰ってゆきました。

おばあさんは、燈火《ともしび》のところで、よくその金をしらべてみると、それはお金ではなくて、貝がらでありました。おばあさんは、だまされたと思って、怒って、家から飛び出してみましたが、もはや、その女の影《かげ》は、どちらにも見えなかったのであります。

その夜のことであります。急に空の模様が変わって、近ごろにない大暴風雨《おおあらし》となりました。ちょうど香具師《やし》が、娘をおりの中に入れて、船に乗せて、南の方の国へゆく途中で、沖《おき》にあったころであります。

「この大暴風雨《おおあらし》では、とても、あの船は助かるまい。」と、おじいさんと、おばあさんは、ぶるぶると震えながら、話をしていました。

夜が明けると、沖《おき》は真っ暗で、ものすごい景色でありました。その夜、難船《なんせん》をした船は、数えきれないほどであります。

不思議なことには、その後、赤いろうそくが、山のお宮《みや》に点《とも》った晩は、いままで、どんなに天気がよくても、たちまち大あらしとなりました。それから、赤いろうそくは、不吉《ふきつ》ということになりました。ろうそく屋の年より夫婦は、神さまの罰が当たったのだといって、それぎり、ろうそく屋をやめてしまいました。

しかし、どこからともなく、だれが、お宮に上げるものか、たびたび、赤いろうそくがともりました。昔は、このお宮にあがった絵の描いたろうそくの燃えさしさえ持っていれば、けっして、海の上では災難《さいなん》にはかからなかったものが、今度は、赤いろうそくを見ただけでも、そのものはきっと災難にかかって、海におぼれて死んだのであります。

たちまち、このうわさが世間に伝わると、もはや、だれも、この山の上のお宮に参詣《さんけい》するものがなくなりました。こうして、昔、あらたかであった神さまは、いまは、町の鬼門《きもん》となってしまいました。そして、こんなお宮が、この町になければいいものと、うらまぬものはなかったのであります。

船乗りは、沖から、お宮のある山をながめておそれました。夜になると、この海の上は、なんとなくものすごうございました。はてしもなく、どちらを見まわしても、高い波がうねうねとうねっています。そして、岩に砕けては、白いあわが立ち上がっています。月が、雲間《くもま》からもれて波の面を照らしたときは、まことに気味悪うございました。

真っ暗な、星もみえない、雨の降る晩に、波の上から、赤いろうそくの灯が、漂って、だんだん高く登って、いつしか山の上のお宮をさして、ちらちらと動いてゆくのを見たものがあります。

幾年もたたずして、そのふもとの町はほろびて、滅《な》くなってしまいました。

夢十夜

夏目漱石

第一夜

こんな夢を見た。

腕組をして枕元に坐《すわ》っていると、仰向《あおむき》に寝た女が、静かな声でもう死にますと云う。女は長い髪を枕に敷いて、輪郭《りんかく》の柔《やわ》らかな瓜実顔《うりざねがお》をその中に横たえている。真白な頬の底に温かい血の色がほどよく差して、唇《くちびる》の色は無論赤い。とうてい死にそうには見えない。しかし女は静かな声で、もう死にますと判然《はっきり》云った。自分も確《たしか》にこれは死ぬなと思った。そこで、そうかね、もう死ぬのかね、と上から覗《のぞ》き込むようにして聞いて見た。死にますとも、と云いながら、女はぱっちりと眼を開《あ》けた。大きな潤《うるおい》のある眼で、長い睫《まつげ》に包まれた中は、ただ一面に真黒であった。その真黒な眸《ひとみ》の奥に、自分の姿が鮮《あざやか》に浮かんでいる。

自分は透《す》き徹《とお》るほど深く見えるこの黒眼の色沢《つや》を眺めて、これでも死ぬのかと思った。それで、ねんごろに枕の傍《そば》へ口を付けて、死ぬんじゃなかろうね、大丈夫だろうね、とまた聞き返した。すると女は黒い眼を眠そうに睜《みはっ》たまま、やっぱり静かな声で、でも、死ぬんですもの、仕方がないわと云った。

じゃ、私《わたし》の顔が見えるかいと一心《いっしん》に聞くと、見えるかいって、そら、そこに、写ってるじゃありませんかと、にこりと笑って見せた。自分は黙って、顔を枕から離した。腕組をしながら、どうしても死ぬのかなと思った。

しばらくして、女がまたこう云った。

「死んだら、埋《う》めて下さい。大きな真珠貝で穴を掘って。そうして天から落ちて来る星の破片《かけ》を墓標《はかじるし》に置いて下さい。そうして墓の傍に待っていて下さい。また逢《あ》いに来ますから」

自分は、いつ逢いに来るかねと聞いた。

「日が出るでしょう。それから日が沈むでしょう。それからまた出るでしょう、そうしてまた沈むでしょう。――赤い日が東から西へ、東から西へと落ちて行くうちに、――あなた、待っていられますか」

自分は黙って首肯《うなず》いた。女は静かな調子を一段張り上げて、

「百年待っていて下さい」と思い切った声で云った。

「百年、私の墓の傍《そば》に坐って待っていて下さい。きっと逢いに来ますから」

自分はただ待っていると答えた。すると、黒い眸《ひとみ》のなかに鮮《あざやか》に見えた自分の姿が、ぼうっと崩《くず》れて来た。静かな水が動いて写る影を乱したように、流れ出したと思ったら、女の眼がぱちりと閉じた。長い睫《まつげ》の間から涙が頬へ垂れた。――もう死んでいた。

自分はそれから庭へ下りて、真珠貝で穴を掘った。真珠貝は大きな滑《なめら》かな縁《ふち》の鋭《する》どい貝であった。土をすくうたびに、貝の裏に月の光が差してきらきらした。湿《しめ》った土の匂《におい》もした。穴はしばらくし

て掘れた。女をその中に入れた。そうして柔らかい土を、上からそっと掛けた。掛けるたびに真珠貝の裏に月の光が差した。

それから星の破片《かけ》の落ちたのを拾って来て、かろく土の上へ乗せた。星の破片は丸かった。長い間大空を落ちている間《ま》に、角《かど》が取れて滑《なめら》かになったんだろうと思った。抱《だ》き上《あ》げて土の上へ置くうちに、自分の胸と手が少し暖くなった。

自分は苔《こけ》の上に坐った。これから百年の間こうして待っているんだなと考えながら、腕組をして、丸い墓石《はかいし》を眺めていた。そのうちに、女の云った通り日が東から出た。大きな赤い日であった。それがまた女の云った通り、やがて西へ落ちた。赤いまんまでのっと落ちて行った。一つと自分は勘定《かんじょう》した。

しばらくするとまた唐紅《からくれない》の天道《てんとう》がのそりと上《のぼ》って来た。そうして黙って沈んでしまった。二つとまた勘定した。

自分はこう云う風に一つ二つと勘定して行くうちに、赤い日をいくつ見たか分らない。勘定しても、勘定しても、しつくせないほど赤い日が頭の上を通り越して行った。それでも百年がまだ来ない。しまいには、苔《こけ》の生《は》えた丸い石を眺めて、自分は女に欺《だま》されたのではなかろうかと思い出した。

すると石の下から斜《はす》に自分の方へ向いて青い茎《くき》が伸びて来た。見る間に長くなってちょうど自分の胸のあたりまで来て留まった。と思うと、すらりと揺《ゆら》ぐ茎《くき》の頂《いただき》に、心持首を傾《かたぶ》けていた細長い一輪の蕾《つぼみ》が、ふっくらと弁《はなびら》を開いた。真白な百合《ゆり》が鼻の先で骨に徹《こた》えるほど匂った。そこへ遥《はるか》の上から、ぽたりと露《つゆ》が落ちたので、花は自分の重みでふらふらと動いた。自分は首を前へ出して冷たい露の滴《したた》る、白い花弁《はなびら》に接吻《せっぷん》した。自分が百合から顔を離す拍子《ひょうし》に思わず、遠い空を見たら、暁《あかつき》の星がたった一つ瞬《またた》いていた。

「百年はもう来ていたんだな」とこの時始めて気がついた。

第三夜

こんな夢を見た。

六つになる子供を負《おぶ》ってる。たしかに自分の子である。ただ不思議な事にはいつの間にか眼が潰《つぶ》れて、青坊主《あおぼうず》になっている。自分が御前の眼はいつ潰れたのかいと聞くと、なに昔からさと答えた。声は子供の声に相違ないが、言葉つきはまるで大人《おとな》である。しかも対等《たいとう》だ。

左右は青田《あおた》である。路《みち》は細い。鷺《さぎ》の影が時々闇《やみ》に差す。

「田圃《たんぼ》へかかったね」と背中で云った。

「どうして解る」と顔を後《うし》ろへ振り向けるようにして聞いたら、

「だって鷺《さぎ》が鳴くじゃないか」と答えた。

するとと鷺がはたして二声ほど鳴いた。

自分は我子ながら少し怖《こわ》くなった。こんなものを背負《しょ》っていては、この先どうなるか分らない。どこか打遣《うっち》ゃる所はなかろうかと向うを見ると闇の中に大きな森が見えた。あすこならばと考え出す途端《とたん》に、背中で、

「ふふん」と云う声がした。

「何を笑うんだ」

子供は返事をしなかった。ただ
「御父《おとっ》さん、重いかい」と聞いた。

「重かあない」と答えると
「今に重くなるよ」と云った。

自分は黙って森を目標《めじるし》にあるいて行った。田の中の路が不規則にうねってなかなか思うように出られない。しばらくすると二股《ふたまた》になった。自分は股《また》の根に立って、ちょっと休んだ。

「石が立ってるはずだがな」と小僧が云った。

なるほど八寸角の石が腰ほどの高さに立っている。表には左り日《ひ》ヶ窪《くぼ》、右堀田原《ほったはら》とある。闇《やみ》だのに赤い字が明《あきら》かに見えた。赤い字は井守《いもり》の腹のような色であった。

「左が好いだろう」と小僧が命令した。左を見るとさっきの森が闇の影を、高い空から自分らの頭の上へ抛《な》げかけていた。自分はちょっと躊躇《ちゅうちょ》した。

「遠慮しないでもいい」と小僧がまた云った。自分は仕方なしに森の方へ歩き出した。腹の中では、よく盲目《めくら》のくせに何でも知ってるなと考えながら一筋道を森へ近づいてくると、背中で、「どうも盲目は不自由でいけないね」と云った。

「だから負《おぶ》ってやるからいいじゃないか」

「負ぶって貰《もら》ってすまないが、どうも人に馬鹿にされていけない。親にまで馬鹿にされるからいけない」

何だか厭《いや》になった。早く森へ行って捨ててしまおうと思って急いだ。

「もう少し行くと解る。――ちょうどこんな晩だったな」と背中で独言《ひとりごと》のように云っている。

「何が」と際《きわ》どい声を出して聞いた。

「何がって、知ってるじゃないか」と子供は嘲《あざ》けるように答えた。すると何だか知ってるような気がし出した。けれども判然《はっきり》とは分らない。ただこんな晩であったように思える。そうしてもう少し行けば分るように思える。分っては大変だから、分らないうちに早く捨ててしまって、安心しなくってはならないように思える。自分はますます足を早めた。

雨はさっきから降っている。路はだんだん暗くなる。ほとんど夢中である。ただ背中に小さい小僧がくっついていて、その小僧が自分の過去、現在、未来をことごとく照して、寸分の事実も洩《も》らさない鏡のように光っている。しかもそれが自分の子である。そうして盲目である。自分はたまらなくなった。

「ここだ、ここだ。ちょうどその杉の根の処だ」

雨の中で小僧の声は判然聞えた。自分は覚えず留った。いつしか森の中へ這入《はい》っていた。一間《いっけん》ばかり先にある黒いものはたしかに小僧の云う通り杉の木と見えた。

「御父《おとっ》さん、その杉の根の処だったね」

「うん、そうだ」と思わず答えてしまった。

「文化五年辰年《たつどし》だろう」

なるほど文化五年辰年らしく思われた。

「御前がおれを殺したのは今からちょうど百年前だね」

自分はこの言葉を聞くや否や、今から百年前文化五年の辰年のこんな闇の晩に、この杉の根で、一人の盲目を殺したと云う自覚が、忽然《こつぜん》として頭の中に起った。おれは人殺《ひとごろし》であったんだなと始めて気がついた途端《とたん》に、背中の子が急に石地蔵のように重くなった。

恩讐の彼方に

菊池寛

一

市九郎《いちろう》は、主人の切り込んで来る太刀を受け損じて、左の頬から顎へかけて、微傷ではあるが、一太刀受けた。自分の罪を——たとえ向うから挑まれたとはいえ、主人の寵妾と非道な恋をしたという、自分の致命的な罪を、意識している市九郎は、主人の振り上げた太刀を、必至な刑罰として、たとえその切先を避くるに努むるまでも、それに反抗する心持は、少しも持ってはいなかった。彼は、ただこうした自分の迷いから、命を捨てることが、いかにも惜しまれたので、できるだけは逃れてみたいと思っていた。それで、主人から不義をいい立てられて切りつけられた時、あり合せた燭台を、早速の獲物として主人の鋭い太刀先を避けていた。が、五十に近いとはいえ、まだ筋骨のたくましい主人が畳みかけて切り込む太刀を、攻撃に出られない悲しさには、いつとなく受け損じて、最初の一太刀を、左の頬に受けたのである。が、一旦血を見ると、市九郎の心は、たちまちに変っていた。彼の分別のあった心は、闘牛者の槍を受けた牡牛のように荒んでしまった。どうせ死ぬのだと思うと、そこに世間もなければ主従もなかった。今までは、主人だと思っていた相手の男が、ただ自分の生命を、脅《おど》そうとしている一個の動物——それも凶悪な動物としか、見えなかった。彼は奮然として、攻撃に転じた。彼は「おうお」と叫《おめ》きながら、持っていた燭台を、相手の面上を目がけて投げ打った。市九郎が、防御のための防御をしているのを見て、気を許してかかっていた主人の三郎兵衛《ろうべえ》は、不意に投げつけられた燭台を受けかねて、その蝋受けの一角がしたたかに彼の右眼を打った。市九郎は、相手のたじろぐ隙に、脇差を抜くより早く飛びかかった。

「おのれ、手向いするか！」と、三郎兵衛は激怒した。市九郎は無言で付け入った。主人の三尺に近い太刀と、市九郎の短い脇差とが、二、三度激しく打ち合うた。

主従が必死になって、十数合太刀を合わす間に、主人の太刀先が、二、三度低い天井をかすって、しばしば太刀を操る自由を失おうとした。市九郎はそこへ付け入った。主人は、その不利に気がつくと、自由な戸外へ出ようとして、二、三歩後退《あとずさ》りして縁の外へ出た。その隙に市九郎が、なおも付け入ろうとするのを、主人は「えい」と、苛だって切り下した。が、苛だったあまりその太刀は、縁側と、座敷との間に垂れ下っている鴨居に、不覚にも二、三寸切り込まれた。

「しまった」と、三郎兵衛が太刀を引こうとする隙に、市九郎は踏み込んで、主人の脇腹を思うさま横に薙《な》いだのであった。

敵手《あいて》が倒れてしまった瞬間に、市九郎は我にかえった。今まで興奮して朦朧としていた意識が、ようやく落着くと、彼は、自分が主殺しの大罪を犯したことに気がついて、後悔と恐怖とのために、そこにへたばってしまった。

夜は初更を過ぎていた。母屋《おもや》と、仲間部屋とは、遠く隔っているので、主従の恐ろしい格闘は、母屋に住んでいる女中以外、まだだれにも知られなかったらしい。その女中たちは、この激しい格闘に気を失い、一間のうちに集って、ただ身を震わせているだけであった。

市九郎は、深い悔恨にとらわれていた。一個の蕩児であり、無頼の若武士ではあったけれども、まだ悪事と名の付くことは、何もしていなかった。まして八逆の第一なる主殺しの大罪を犯そうとは、彼の思いも付かぬことだった。彼は、血の付いた脇差を取り直した。主人の妾と慇懃《いんぎん》を通じて、そのために成敗を受けようとした時、かえってその主人を殺すということは、どう考えても、彼にいいところはなかった。彼は、まだびくびくと動いている主人の死体を尻眼にかけながら、静かに自殺の覚悟を固めていた。するとその時、次の間から、今までの大きい圧迫から逃れ出たような声がした。

「ほんとにまあ、どうなることかと思って心配したわ。お前がまっ二つにやられた後は、私の番じゃあるまいかと、さっきから、屏風《びょうぶ》の後で息を凝らして見ていたのさ。が、ほんとうにいい塩梅《あんばい》だったね。こうなっちゃ、一刻《とき》も猶予はしていられないから、有り金をさらって逃げるとしよう。まだ仲間たちは気がついていないようだから、逃げるなら今のうちさ。乳母や女中などは、台所の方でがたがた震えているらしいから、私が行って、じたばた騒がないようにいってこようよ。さあ！　お前は有り金を探して下さいよ」というその声は、確かに震えを帯びていた。が、そうした震えを、女性としての強い意地で抑制して、努めて平気を装っているらしかった。

市九郎は――自分特有の動機を、すっかり失くしていた市九郎は、女の声をきくと、蘇《よみがえ》ったように活気づいた。彼は、自分の意志で働くというよりも、女の意志によって働く傀儡《かいらい》のように立ち上ると、座敷に置いてある桐の茶筆笥に手をかけた。そして、その真白い木目に、血に汚れた手形を付けながら、引出しをあちらこちらと探し始めた。が、女——主人の妾のお弓が帰ってくるまでに、市九郎は、二朱銀の五両包をただ一つ見つけたばかりであった。お弓は、台所から引っ返してきて、その金を見ると、

「そんな端金《はしたがね》が、どうなるものかね」と、いいながら、今度は自分で、やけに引出しを引掻き回した。しまいには鎧櫃《よろいびつ》の中まで探したが、小判は一枚も出てきはしなかった。

「名うての始末屋だから、瓶《かめ》にでも入れて、土の中へでも埋めてあるのかも知れない」そう忌々《いまいま》しそうにいい切ると、金目のありそうな衣類や、印籠を、手早く風呂敷包にした。

こうして、この姦夫姦婦《かんぷかんぷ》が、浅草田原町の旗本、中川三郎兵衛の家を出たのは、安永《あんえい》三年の秋の初めであった。後には、当年三歳になる三郎兵衛の一子実之助が、父の非業の死も知らず、乳母の懐ろにすやすや眠っているばかりであった。

二

市九郎とお弓は、江戸を逐電してから、東海道はわざと避けて、人目を忍びながら、東山道《とうさんどう》を上

方へと志した。市九郎は、主殺しの罪から、絶えず良心の苛責を受けていた。が、けんぺき茶屋の女中上がりの、莫連者《ばくれんもの》のお弓は、市九郎が少しでも沈んだ様子を見せると、「どうせ凶状持ちになったからには、いくらくよくよしてもしようがないじゃないか。度胸を据えて世の中を面白く暮すのが上分別さ」と、市九郎の心に、明け暮れ悪の拍車を加えた。が、信州から木曾の藪原《やぶはら》の宿まで来た時には、二人の路用の金は、百も残っていなかった。二人は、窮するにつれて、悪事を働かねばならなかった。最初はこうした男女の組合せとしては、最もなしやすい美人局《つつもたせ》を稼業とした。そうして信州から尾州へかけての宿々で、往来の町人百姓の路用の金を奪っていた。初めのほどは、女からの激しい教唆《きょうさ》で、つい悪事を犯し始めていた市九郎も、ついには悪事の面白さを味わい始めた。浪人姿をした市九郎に対して、被害者の町人や百姓は、金を取られながら、すこぶる柔順であった。

悪事がだんだん進歩していった市九郎は、美人局からもっと単純な、手数のいらぬ強請《ゆすり》をやり、最後には、切取強盗を正当な稼業とさえ心得るようになった。

彼は、いつとなしに信濃から木曾へかかる鳥居峠《とりいとうげ》に土着した。そして昼は茶店を開き、夜は強盗を働いた。

彼はもうそうした生活に、なんの躊躇をも、不安をも感じないようになっていた。金のありそうな旅人を狙って、殺すと巧みにその死体を片づけた。一年に三、四度、そうした罪を犯すと、彼は優に一年の生活を支えることができた。

それは、彼らが江戸を出てから、三年目になる春の頃であった。参勤交代の北国大名の行列が、二つばかり続いて通ったため、木曾街道の宿々は、近頃になく賑わった。ことにこの頃は、信州を始め、越後や越中からの伊勢参宮の客が街道に続いた。その中には、京から大坂へと、遊山の旅を延すのが多かった。市九郎は、彼らの二、三人をたおして、その年の生活費を得たいと思っていた。木曾街道にも、杉や檜に交って咲いた山桜が散り始める夕暮のことであった。市九郎の店に男女二人の旅人が立ち寄った。それは明らかに夫婦であった。男は三十を越していた。女は二十三、四であっただろう。供を連れない気楽な旅に出た信州の豪農の若夫婦らしかった。

市九郎は、二人の身形《みなり》を見ると、彼はこの二人を今年の犠牲者にしようかと、思っていた。

「もう藪原の宿まで、いくらもあるまいな」

こういいながら、男の方は、市九郎の店の前で、草鞋《わらじ》の紐を結び直そうとした。市九郎が、返事をしようとする前に、お弓が、台所から出てきながら、

「さようでございます、もうこの峠を降りますれば半道もございません。まあ、ゆっくり休んでからになさいませ」と、いった。市九郎は、お弓のこの言葉を聞くと、お弓がすでに恐ろしい計画を、自分に勧めようとしているのを覚えた。藪原の宿までにはまだ二里に余る道を、もう何ほどもないようにいいくるめて、旅人に気をゆるさせ、彼らの行程が夜に入るのに乗じて、間道を走って、宿

の入口で襲うのが、市九郎の常套の手段であった。その男は、お弓の言葉をきくと、「それならば、茶など一杯所望しようか」といいながら、もう彼らの第一の罠に陥ってしまった。女は赤い紐のついた旅の菅笠《すげがさ》を取りはずしながら、夫のそばに寄り添うて、腰をかけた。

彼らは、ここで小半刻も、峠を登り切った疲れを休めると、鳥目《ちょうもく》を置いて、紫に暮れかかっている小木曾《おぎそ》の谷に向って、鳥居峠を降りていった。

二人の姿が見えなくなると、お弓は、それとばかり合図をした。市九郎は、獲物を追う猟師のように、脇差を腰にすると、一散に二人の後を追うた。本街道を右に折れて、木曾川の流れに沿うて、険しい間道を急いだ。

市九郎が、藪原の宿手前の並木道に来た時は、春の長い日がまったく暮れて、十日ばかりの月が木曾の山の彼方に登ろうとして、ほの白い月しろのみが、木曾の山々を微かに浮ばせていた。

市九郎は、街道に沿うて生えている、一叢《むら》の丸葉柳の下に身を隠しながら、夫婦の近づくのを、徐《おもむろ》に待っていた。彼も心の底では、幸福な旅をしている二人の男女の生命を、不当に奪うということが、どんなに罪深いかということを、考えずにはいなかった。が、一旦なしかかった仕事を中止して帰ることは、お弓の手前、彼の心にまかせぬことであった。

彼は、この夫婦の血を流したくはなかった。なるべく相手が、自分の脅迫に二言もなく服従してくれればいいと、思っていた。もし彼らが路用の金と衣装とを出すなら、決して殺生はしまいと思っていた。

彼の決心がようやく固まった頃に、街道の彼方から、急ぎ足に近づいてくる男女の姿が見えた。二人は、峠からの道が、覚悟のほかに遠かったため、疲れ切ったと見え、お互いに助け合いながら、無言のままに急いで来た。

二人が、丸葉柳の茂みに近づくと、市九郎は、不意に街道の真ん中に突っ立った。そして、今までに幾度も口にし馴れている脅迫の言葉を浴せかけた。すると、男は必死になったらしく、道中差を抜くと、妻を後に庇《かば》いながら身構えした。市九郎は、ちょっと出鼻を折られた。が、彼は声を励まして、「いやさ、旅の人、手向いしてあたら命を落すまいぞ。命までは取ろうといわぬのじゃ。有り金と衣類とをおとなしく出して行け！」と、叫んだ。その顔を、相手の男は、じいっと見ていたが、

「やあ！　先程の峠の茶屋の主人ではないか」と、その男は、必死になって飛びかかってきた。市九郎は、もうこれまでと思った。自分の顔を見覚えられた以上、自分たちの安全のため、もうこの男女を生かすことはできないと思った。

相手が必死に切り込むのを、巧みに引きはずしながら、一刀を相手の首筋に浴びせた。見ると連れの女は、気を失ったように道の傍に蹲《うずくま》りながら、ぶるぶると震えていた。

市九郎は、女を殺すに忍びなかった。が、彼は自分の危急には代えられぬと思った。男の方を殺

して殺気立っている間にと思って、血刀を振りかざしながら、彼は女に近づいた。女は、両手を合わして、市九郎に命を乞うた。市九郎は、その瞳に見つめられると、どうしても刀を下ろせなかった。が、彼は殺さねばならぬと思った。市九郎は、この女を切って女の衣装を台なしにしてはつまらないと思った。そう思うと、彼は腰に下げていた手拭をはずして女の首を絞《くく》った。

市九郎は、二人を殺してしまうと、急に人を殺した恐怖を感じて、一刻もいたたまらないように思った。彼は、二人の胴巻と衣類とを奪うと、あたふたとしてその場から一散に逃れた。彼は、今まで十人に余る人殺しをしたものの、それは半白の老人とか、商人とか、そうした階級の者ばかりで、若々しい夫婦づれを二人まで自分の手にかけたことはなかった。

彼は、深い良心の苛責《かしゃく》にとらわれながら、帰ってきた。そして家に入ると、すぐさま、男女の衣装と金とを、汚らわしいもののように、お弓の方へ投げやった。女は、悠然としてまず金の方を調べてみた。金は思ったより少なく、二十両をわずかに越しているばかりであった。

お弓は殺された女の着物を手に取ると、「まあ、黄八丈の着物に紋縮緬《もんちりめん》の襦袢だね。だが、お前さん、この女の頭のものは、どうおしだい」と、彼女は詰問するように、市九郎を顧《かえり》みた。

「頭のもの!」と、市九郎は半ば返事をした。

「そうだよ。頭のものだよ。黄八丈に紋縮緬の着付じゃ、頭のものだって、擬物《まがいもの》の櫛《くし》や笄《こうがい》じゃあるまいじゃないか。わたしは、さっきあの女が菅笠を取った時に、ちらと睨んでおいたのさ。瑇瑁《たいまい》の揃いに相違なかったよ」と、お弓はのしかかるようにいった。殺した女の頭のもののことなどは、夢にも思っていなかった市九郎は、なんとも答えるすべがなかった。

「お前さん！　まさか、取るのを忘れたのじゃあるまいね。瑇瑁《たいまい》だとすれば、七両や八両は確かだよ。駆け出しの泥棒じゃあるまいし、なんのために殺生をするのだよ。あれだけの衣装を着た女を、殺しておきながら、頭のものに気がつかないとは、お前は、いつから泥棒稼業におなりなのだえ。なんというどじをやる泥棒だろう。なんとか、いってごらん！」と、お弓は、威たけ高になって、市九郎に食ってかかってきた。

二人の若い男女を殺してしまった悔いに、心の底まで冒《おか》されかけていた市九郎は、女の言葉から深く傷つけられた。彼は頭のものを取ることを、忘れたという盗賊としての失策を、或いは無能を、悔ゆる心は少しもなかった。自分は、二人を殺したことを、悪いことと思えばこそ、殺すことに気も転動して、女がその頭に十両にも近い装飾を付けていることをまったく忘れていた。市九郎は、今でも忘れていたことを後悔する心は起らなかった。強盗に身を落して、利欲のために人を殺しているものの、悪鬼のように相手の骨まではしゃぶらなかったことを考えると、市九郎は悪い気持はしなかった。それにもかかわらず、お弓は自分の同性が無残にも殺されて、その身に付けた下衣《したぎ》までが、殺戮者《さつりくしゃ》に対する貢物として、自分の目の前に晒《さら》されているのを見ながら、なおその飽き足らない欲心は、さすが悪人の市九郎の目をこぼれた頭のものにまで及んでいる、そう考えると、市九郎はお弓に対して、いたたまらないような浅ましさを感じた。

お弓は、市九郎の心に、こうした激変が起っているのをまったく知らないで、

「さあ！　お前さん！　一走り行っておくれ。せっかく、こっちの手に入っているものを遠慮するには、当らないじゃないか」と、自分の言い分に十分な条理があることを信ずるように、勝ち誇った表情をした。

が、市九郎は黙々として応じなかった。

「おや！　お前さんの仕事のあらを拾ったので、お気に触ったと見えるね。本当に、お前さんは行く気はないのかい。十両に近いもうけものを、みすみすふいにしてしまうつもりかい」と、お弓は幾度も市九郎に迫った。

いつもは、お弓のいうことを、唯々《いい》としてきく市九郎ではあったが、今彼の心は激しい動乱の中にあって、お弓の言葉などは耳に入らないほど、考え込んでいたのである。

「いくらいっても、行かないのだね。それじゃ、私が一走り行ってこようよ。場所はどこなの。やっぱりいつものところなのかい」と、お弓がいった。

お弓に対して、抑えがたい嫌悪を感じ始めていた市九郎は、お弓が一刻でも自分のそばにいなくなることを、むしろ欣《よろこ》んだ。

「知れたことよ。いつもの通り、藪原の宿の手前の松並木さ」と、市九郎は吐き出すようにいった。

「じゃ、一走り行ってくるから。幸い月の夜でそとは明るいし……。ほんとうに、へまな仕事をするったら、ありゃしない」と、いいながら、お弓は裾をはしょって、草履をつっかけると駆け出した。

市九郎は、お弓の後姿を見ていると、浅ましさで、心がいっぱいになってきた。死人の髪のものを剥ぐために、血眼になって駆け出していく女の姿を見ると、市九郎はその女に、かつて愛情を持っていただけに、心の底から浅ましく思わずにはいられなかった。その上、自分が悪事をしている時、たとい無残にも人を殺している時でも、金を盗んでいる時でも、自分がしているということが、常に不思議な言い訳になって、その浅ましさを感ずることが少なかったが、一旦人が悪事をなしているのを、静かに傍観するとなると、その恐ろしさ、浅ましさが、あくまで明らかに、市九郎の目に映らずにはいなかった。自分が、命を賭してまで得た女が、わずか五両か十両の瑇瑁《たいまい》のために、女性の優しさのすべてを捨てて、死骸に付く狼のように、殺された女の死骸を慕うて駆けて行くのを見ると、市九郎は、もうこの罪悪の棲家《すみか》に、この女と一緒に一刻もいたたまれなくなった。そう考え出すと、自分の今までに犯した悪事がいちいち蘇《よみがえ》って自分の心を食い割いた。絞め殺した女の瞳や、血みどろになった繭商人《まゆしょうにん》の呻き声や、一太刀浴せかけた白髪の老人の悲鳴などが、一団になって市九郎の良心を襲うてきた。彼は、一刻も早く自分の過去から逃れたかった。彼は、自分自身からさえも、逃れたかった。まして自分のすべての罪悪の萌芽であった女から、極力逃れたかった。

彼は、決然として立ち上った。彼は、二、三枚の衣類を風呂敷に包んだ。さっきの男から盗った胴巻を、当座の路用として懐ろに入れたままで、支度も整えずに、戸外に飛び出した。が、十間ばかり走り出した時、ふと自分の持っている金も、衣類も、ことごとく盗んだものであるのに気がつくと、跳ね返されたように立ち戻って、自分の家の上り框《がまち》へ、衣類と金とを、力一杯投げつけた。

彼は、お弓に会わないように、道でない道を木曾川に添うて一散に走った。どこへ行くという当てもなかった。ただ自分の罪悪の根拠地から、一寸でも、一分でも遠いところへ逃れたかった。

三

二十里に余る道を、市九郎は、山野の別なく唯一息に馳せて、明くる日の昼下り、美濃国の大垣在の浄願寺《じょうがんじ》に駆け込んだ。彼は、最初からこの寺を志してきたのではない。彼の遁走の中途、偶然この寺の前に出た時、彼の惑乱した懺悔の心は、ふと宗教的な光明に縋《すが》ってみたいという気になったのである。

浄願寺は、美濃一円真言宗の僧録であった。市九郎は、現往明遍大徳衲《げんおうみょうへんだいとくのう》の袖に縋って、懺悔の真《まこと》をいたした。上人《しょうにん》はさすがに、この極重悪人をも捨てなかった。市九郎が有司《ゆうし》の下に自首しようかというのを止めて、

「重ね重ねの悪業を重ねた汝じゃから、有司の手によって身を梟木《きょうぼく》に晒され、現在の報いを自ら受

くるのも一法じゃが、それでは未来永劫、焦熱地獄の苦艱《くげん》を受けておらねばならぬぞよ。それよりも、仏道に帰依《きえ》し、衆生済度《しゅじょうさいど》のために、身命を捨てて人々を救うと共に、汝自身を救うのが肝心じゃ」と、教化した。

市九郎は、上人の言葉をきいて、またさらに懺悔の火に心を爛《ただ》らせて、当座に出家の志を定めた。彼は、上人の手によって得度《とくど》して、了海《りょうかい》と法名を呼ばれ、ひたすら仏道修行に肝胆を砕いたが、道心勇猛のために、わずか半年に足らぬ修行に、行業《ぎょうごう》は氷霜《ひょうそう》よりも皓《きよ》く、朝には三密の行法を凝らし、夕には秘密念仏の安座を離れず、二行彬々《ぎょうひんぴん》として豁然智度《かつぜんちど》の心萌し、天晴れの知識となりすました。彼は自分の道心が定まって、もう動かないのを自覚すると、師の坊の許しを得て、諸人救済の大願を起し、諸国雲水の旅に出たのであった。

美濃の国を後にして、まず京洛の地を志した。彼は、幾人もの人を殺しながら、たとい僧形の姿なりとも、自分が生き永らえているのが心苦しかった。諸人のため、身を粉々に砕いて、自分の罪障の万分の一をも償いたいと思っていた。ことに自分が、木曾山中にあって、行人をなやませたことを思うと、道中の人々に対して、償い切れぬ負担を持っているように思われた。

行住座臥にも、人のためを思わぬことはなかった。道路に難渋の人を見ると、彼は、手を引き、腰を押して、その道中を助けた。病に苦しむ老幼を負うて、数里に余る道を遠しとしなかったこともあった。本街道を離れた村道の橋でも、破壊されている時は、彼は自ら山に入って、木を切り、石を運んで修繕した。道の崩れたのを見れば、土砂を運び来って繕うた。かくして、畿内から、中国を通して、ひたすら善根を積むことに腐心したが、身に重なれる罪は、空よりも高く、積む善根は土地よりも低きを思うと、彼は今更に、半生の悪業の深きを悲しんだ。市九郎は、些細《ささい》な善根によって、自分の極悪が償いきれぬことを知って、心を暗うした。逆旅《げきりょ》の寝覚めにはかかる頼母《たのも》しからぬ報償をしながら、なお生を貪っていることが、はなはだ腑甲斐ないように思われて、自ら殺したいと思ったことさえあった。が、そのたびごとに、不退転の勇を翻し、諸人救済の大業をなすべき機縁のいたらんことを祈念した。

享保《きょうほう》九年の秋であった。彼は、赤間ヶ関から小倉に渡り、豊前の国、宇佐八幡宮を拝し、山国川《やまくにがわ》をさかのぼって耆闍崛山羅漢寺《きしゃくつせんらかんじ》に詣でんものと、四日市から南に赤土の茫々たる野原を過ぎ、道を山国川の渓谷に添うて、辿った。

筑紫の秋は、駅路の宿《とま》りごとに更けて、雑木の森には櫨《はじ》赤く爛《ただ》れ、野には稲黄色く稔り、農家の軒には、この辺の名物の柿が真紅の珠を連ねていた。

それは八月に入って間もないある日であった。彼は秋の朝の光の輝く、山国川の清冽《せいれつ》な流れを右に見ながら、三口から仏坂の山道を越えて、昼近き頃樋田《ひだ》の駅に着いた。淋しい駅で昼食の斎《とき》にありついた後、再び山国谷《やまくにだに》に添うて南を指した。樋田駅から出はずれると、道はまた山国川に添うて、火山岩の河岸を伝うて走っていた。

歩みがたい石高道を、市九郎は、杖を頼りに辿っていた時、ふと道のそばに、この辺の農夫であろう、四、五人の人々が罵り騒いでいるのを見た。

市九郎が近づくと、その中の一人は、早くも市九郎の姿を見つけて、

「これは、よいところへ来られた。非業の死を遂げた、哀れな亡者じゃ。通りかかられた縁に、一遍の回向《えこう》をして下され」と、いった。

非業の死だときいた時、剽賊《ひょうぞく》のためにあやめられた旅人の死骸ではあるまいかと思うて、市九郎は過去の悪業を思い起して、刹那に湧く悔恨の心に、両脚の竦《すく》むのをおぼえた。

「見れば水死人のようじゃが、ところどころ皮肉の破れているのは、いかがした子細じゃ」と、市九郎は、恐る恐るきいた。

「御出家は、旅の人と見えてご存じあるまいが、この川を半町も上れば、鎖渡しという難所がある。山国谷第一の切所《きりしょ》で、南北往来の人馬が、ことごとく難儀するところじゃが、この男はこの川上柿坂郷に住んでいる馬子《まご》じゃが、今朝鎖渡しの中途で、馬が狂うたため、五丈に近いところを真っ逆様に落ちて、見られる通りの無残な最期じゃ」と、その中の一人がいった。

「鎖渡しと申せば、かねがね難所とは聞いていたが、かようなあわれを見ることは、たびたびござるのか」と、市九郎は、死骸を見守りながら、打ちしめってきいた。

「一年に三、四人、多ければ十人も、思わぬ憂き目を見ることがある。無双の難所ゆえに、風雨に

栈《かけはし》が朽ちても、修繕も思うにまかせぬのじゃ」と、答えながら、百姓たちは死骸の始末にかかっていた。

市九郎は、この不幸な遭難者に一遍の経を読むと、足を早めてその鎖渡しへと急いだ。

そこまでは、もう一町もなかった。見ると、川の左に聳《そび》える荒削りされたような山が、山国川に臨むところで、十丈に近い絶壁に切り立たれて、そこに灰白色のぎざぎざした襞《ひだ》の多い肌を露出しているのであった。山国川の水は、その絶壁に吸い寄せられたように、ここに慕い寄って、絶壁の裾を洗いながら、濃緑の色を湛えて、渦巻いている。

里人らが、鎖渡しといったのはこれだろうと、彼は思った。道は、その絶壁に絶たれ、その絶壁の中腹を、松、杉などの丸太を鎖で連ねた栈道が、危げに伝っている。かよわい婦女子でなくとも、俯して五丈に余る水面を見、仰いで頭を圧する十丈に近い絶壁を見る時は、魂消え、心戦《おのの》くも理《ことわ》りであった。

市九郎は、岩壁に縋りながら、戦く足を踏み締めて、ようやく渡り終ってその絶壁を振り向いた刹那、彼の心にはとっさに大誓願が、勃然として萌《きざ》した。

積むべき贖罪《しょくざい》のあまりに小さかった彼は、自分が精進勇猛の気を試すべき難業にあうことを祈っていた。今目前に行人が艱難し、一年に十に近い人の命を奪う難所を見た時、彼は、自分の身命を捨ててこの難所を除こうという思いつきが旺然として起ったのも無理ではなかった。二百余間に余る絶壁を掘貫《ほりつらぬ》いて道を通じようという、不敵な誓願が、彼の心に浮かんできたのである。

市九郎は、自分が求め歩いたものが、ようやくここで見つかったと思った。一年に十人を救えば、十年には百人、百年、千年と経つうちには、千万の人の命を救うことができると思ったのである。

こう決心すると、彼は、一途に実行に着手した。その日から、羅漢寺の宿坊に宿《とま》りながら、山国川に添うた村々を勧化《かんげ》して、隧道開鑿《ずいどうかいさく》の大業の寄進を求めた。

が、何人《なんびと》もこの風来僧の言葉に、耳を傾ける者はなかった。

「三町をも超える大盤石を掘貫こうという風狂人《ふうきょうじん》じゃ、はははは」と、嗤《わら》うものは、まだよかった。

「大騙《おおかた》りじゃ。針のみぞから天を覗くようなことを言い前にして、金を集めようという、大騙りじゃ」

と、中には市九郎の勧説《かんぜい》に、迫害を加うる者さえあった。

市九郎は、十日の間、徒らな勧進に努めたが、何人《なんびと》もが耳を傾けぬのを知ると、奮然として、独力、この大業に当ることを決心した。彼は、石工の持つ槌と鑿《のみ》とを手に入れて、この大絶壁の一端に立った。それは、一個のカリカチュアであった。削り落しやすい火山岩であるとはいえ、川を圧して聳え立つ蜿蜒《えんえん》たる大絶壁を、市九郎は、己一人の力で掘貫こうとするのであった。

「とうとう気が狂った!」と、行人は、市九郎の姿を指しながら嗤った。

が、市九郎は屈しなかった。山国川の清流に沐浴して、観世音菩薩を祈りながら、渾身の力を籠めて第一の槌を下した。

それに応じて、ただ二、三片《ひら》の砕片が、飛び散ったばかりであった。が、再び力を籠めて第二の槌を下した。更に二、三片の小塊が、巨大なる無限大の大塊から、分離したばかりであった。第三、第四、第五と、市九郎は懸命に槌を下した。空腹を感ずれば、近郷を托鉢し、腹満つれば絶壁に向って槌を下した。懈怠《けたい》の心を生ずれば、只真言を唱えて、勇猛の心を振い起した。一日、二日、三日、市九郎の努力は間断なく続いた。旅人は、そのそばを通るたびに、嘲笑の声を送った。が、市九郎の心は、そのために須臾《しゅゆ》も撓《たゆ》むことはなかった。嗤笑《ししょう》の声を聞けば、彼はさらに槌を持つ手に力を籠めた。

やがて、市九郎は、雨露を凌《しの》ぐために、絶壁に近く木小屋を立てた。朝は、山国川の流れが星の光を写す頃から起き出て、夕は瀬鳴《せなり》の音が静寂の天地に澄みかえる頃までも、止めなかった。が、行路の人々は、なお嗤笑の言葉を止めなかった。

「身のほどを知らぬたわけじゃ」と、市九郎の努力を眼中におかなかった。

が、市九郎は一心不乱に槌を振った。槌を振っていさえすれば、彼の心には何の雑念も起らなかった。人を殺した悔恨も、そこには無かった。極楽に生れようという、欣求《ごんぐ》もなかった。ただそこに、晴々した精進の心があるばかりであった。彼は出家して以来、夜ごとの寝覚めに、身を苦しめた自分の悪業の記憶が、日に薄らいでいくのを感じた。彼はますます勇猛の心を振い起して、ひたすら専念に槌を振った。

新しい年が来た。春が来て、夏が来て、早くも一年が経った。市九郎の努力は、空しくはなかった。大絶壁の一端に、深さ一丈に近い洞窟が穿《うが》たれていた。それは、ほんの小さい洞窟ではあったが、市九郎の強い意志は、最初の爪痕《そうこん》を明らかに止めていた。

が、近郷の人々はまた市九郎を嗤った。

「あれ見られい！　狂人坊主が、あれだけ掘りおった。一年の間、もがいて、たったあれだけじゃ……」と、嗤った。が、市九郎は自分の掘り穿った穴を見ると、涙の出るほど嬉しかった。それはいかに浅くとも、自分が精進の力の如実《にょじつ》に現れているものに、相違なかった。市九郎は年を重ねて、また更に振い立った。夜は如法《にょほう》の闇に、昼もなお薄暗い洞窟のうちに端座して、ただ右の腕のみを、狂気のごとくに振っていた。市九郎にとって、右の腕を振ることのみが、彼の宗教的生活のすべてになってしまった。

洞窟の外には、日が輝き月が照り、雨が降り嵐が荒《すさ》んだ。が、洞窟の中には、間断なき槌の音のみがあった。

二年の終わりにも、里人はなお嗤笑を止めなかった。が、それはもう、声にまでは出てこなかった。ただ、市九郎の姿を見た後、顔を見合せて、互いに嗤い合うだけであった。が、更に一年経った。市九郎の槌の音は山国川の水声と同じく、不断に響いていた。村の人たちは、もうなんともいわなかった。彼らが嗤笑の表情は、いつの間にか驚異のそれに変っていた。市九郎は梳《くしけず》らざれば、頭髪はいつの間にか伸びて双肩を覆い、浴《ゆあみ》せざれば、垢づきて人間とも見えなかった。が、彼は自分が掘り穿った洞窟のうちに、獣のごとく蠢《うごめ》きながら、狂気のごとくその槌を振いつづけていたのである。

里人の驚異は、いつの間にか同情に変っていた。市九郎がしばしの暇を窃《ぬす》んで、托鉢の行脚に出かけようとすると、洞窟の出口に、思いがけなく一椀の斎《とき》を見出すことが多くなった。市九郎はそのために、托鉢に費やすべき時間を、更に絶壁に向うことができた。

四年目の終りが来た。市九郎の掘り穿った洞窟は、もはや五丈の深さに達していた。が、その三町を超ゆる絶壁に比ぶれば、そこになお、亡羊《ぼうよう》の嘆があった。里人は市九郎の熱心に驚いたものの、いまだ、かくばかり見えすいた徒労に合力するものは、一人もなかった。市九郎は、ただ独りその努力を続けねばならなかった。が、もう掘り穿つ仕事において、三昧に入った市九郎は、ただ槌を振うほかは何の存念もなかった。ただ土鼠《もぐら》のように、命のある限り、掘り穿っていくほかには、何の他念もなかった。彼はただ一人拮々《きつきつ》として掘り進んだ。洞窟の外には春去って秋来り、四時の風物が移り変ったが、洞窟の中には不断の槌の音のみが響いた。

「可哀そうな坊様じゃ。ものに狂ったとみえ、あの大盤石を穿っていくわ。十の一も穿ち得ないで、おのれが命を終ろうものを」と、行路の人々は、市九郎の空しい努力を、悲しみ始めた。が、一年経ち二年経ち、ちょうど九年目の終りに、穴の入口より奥まで二十二間を計るまでに、掘り穿った。

樋田郷《ひだのごう》の里人は、初めて市九郎の事業の可能性に気がついた。一人の痩せた乞食僧が、九年の力でこれまで掘り穿ち得るものならば、人を増し歳月を重ねたならば、この大絶壁を穿ち貫くことも、必ずしも不思議なことではないという考えが、里人らの胸の中に銘ぜられてきた。九年前、市九郎の勧進をこぞって斥《しりぞ》けた山国川に添う七郷の里人は、今度は自発的に開鑿《かいさく》の寄進に付いた。数人の石工が市九郎の事業を援けるために雇われた。もう、市九郎は孤独ではなかった。岩壁に下す多数の槌の音は、勇ましく賑やかに、洞窟の中から、もれ始めた。

が、翌年になって、里人たちが、工事の進み方を測った時、それがまだ絶壁の四分の一にも達していないのを発見すると、里人たちは再び落胆疑惑の声をもらした。

「人を増しても、とても成就はせぬことじゃ。あたら、了海どのに騙《たぶら》かされて要らぬ物入りをした」と、彼らははかどらぬ工事に、いつの間にか倦ききっておった。市九郎は、また独り取り残されねばならなかった。彼は、自分のそばに槌を振る者が、一人減り二人減り、ついには一人もいなくなったのに気がついた。が、彼は決して去る者を追わなかった。黙々として、自分一人その槌を振い続けたのみである。

里人の注意は、まったく市九郎の身辺から離れてしまった。ことに洞窟が、深く穿たれれば穿たれるほど、その奥深く槌を振う市九郎の姿は、行人の目から遠ざかっていった。人々は、闇のうちに閉された洞窟の中を透し見ながら、

「了海さんは、まだやっているのかなあ」と、疑った。が、そうした注意も、しまいにはだんだん薄れてしまって、市九郎の存在は、里人の念頭からしばしば消失せんとした。が、市九郎の存在が、里人に対して没交渉であるがごとく、里人の存在もまた市九郎に没交渉であった。彼にはただ、眼前の大岩壁のみが存在するばかりであった。

しかし、市九郎は、洞窟の中に端座してからもはや十年にも余る間、暗澹たる冷たい石の上に座り続けていたために、顔は色蒼ざめ双の目が窪んで、肉は落ち骨あらわれ、この世に生ける人とも見えなかった。が、市九郎の心には不退転の勇猛心がしきりに燃え盛って、ただ一念に穿ち進むほかは、何物もなかった。一分でも一寸でも、岸壁の削り取られるごとに、彼は歓喜の声を揚げた。

市九郎は、ただ一人取り残されたままに、また三年を経た。すると、里人たちの注意は、再び市九郎の上に帰りかけていた。彼らが、ほんの好奇心から、洞窟の深さを測ってみると、全長六十五間、川に面する岩壁には、採光の窓が一つ穿たれ、もはや、この大岩壁の三分の一は、主として市九郎の瘠腕《やせうで》によって、貫かれていることが分かった。

彼らは、再び驚異の目を見開いた。彼らは、過去の無知を恥じた。市九郎に対する尊崇の心は、再び彼らの心に復活した。やがて、寄進された十人に近い石工の槌の音が、再び市九郎のそれに和した。

また一年経った。一年の月日が経つうちに、里人たちは、いつかしら目先の遠い出費を、悔い始めていた。

寄進の人夫は、いつの間にか、一人減り二人減って、おしまいには、市九郎の槌の音のみが、洞窟の闇を、打ち震わしていた。が、そばに人がいても、いなくても、市九郎の槌の力は変らなかった。彼は、ただ機械のごとく、渾身の力を入れて槌を挙げ、渾身の力をもってこれを振り降ろした。彼は、自分の一身をさえ忘れていた。主を殺したことも、剽賊を働いたことも、人を殺したことも、すべては彼の記憶のほかに薄れてしまっていた。

一年経ち、二年経った。一念の動くところ、彼の瘠せた腕は、鉄のごとく屈しなかった。ちょうど、十八年目の終りであった。彼は、いつの間にか、岩壁の二分の一を穿っていた。

里人は、この恐ろしき奇跡を見ると、もはや市九郎の仕事を、少しも疑わなかった。彼らは、前二回の懈怠《けたい》を心から恥じ、七郷の人々合力の誠を尽くし、こぞって市九郎を援け始めた。その年、中津藩の郡奉行が巡視して、市九郎に対して、奇特の言葉を下した。近郷近在から、三十人に近い石工があつめられた。工事は、枯葉を焼く火のように進んだ。

人々は、衰残の姿いたいたしい市九郎に、

「もはや、そなたは石工共の統領《たばね》をなさりませ。自ら槌を振うには及びませせぬ」と、勧めたが、市九郎は頑として応じなかった。彼は、たおるれば槌を握ったままと、思っているらしかった。彼は、三十の石工がそばに働くのも知らぬように、寝食を忘れ、懸命の力を尽くすこと、少しも前と変らなかった。

が、人々が市九郎に休息を勧めたのも、無理ではなかった。二十年にも近い間、日の光も射さぬ岩壁の奥深く、座り続けたためであろう。彼の両脚は長い端座に傷み、いつの間にか屈伸の自在を欠いていた。彼は、わずかの歩行にも杖に縋《すが》らねばならなかった。

その上、長い間、闇に座して、日光を見なかったためでもあろう。また不断に、彼の身辺に飛び散る砕けた石の砕片《かけら》が、その目を傷つけたためでもあろう。彼の両目は、朦朧として光を失い、もののあいろもわきまえかねるようになっていた。

さすがに、不退転の市九郎も、身に迫る老衰を痛む心はあった。身命に対する執着はなかったけれど、中道にしてたおれることを、何よりも無念と思ったからであった。

「もう二年の辛抱じゃ」と、彼は心のうちに叫んで、身の老衰を忘れようと、懸命に槌を振うのであった。

冒《おか》しがたき大自然の威厳を示して、市九郎の前に立ち塞がっていた岩壁は、いつの間にか衰残の乞食僧一人の腕に貫かれて、その中腹を穿つ洞窟は、命ある者のごとく、一路その核心を貫かんとしているのであった。

四

市九郎の健康は、過度の疲労によって、痛ましく傷つけられていたが、彼にとって、それよりももっと恐ろしい敵が、彼の生命を狙っているのであった。

市九郎のために非業の横死を遂げた中川三郎兵衛は、家臣のために殺害されたため、家事不取締とあって、家は取り潰され、その時三歳であった一子実之助は、縁者のために養い育てられることになった。

実之助は、十三になった時、初めて自分の父が非業の死を遂げたことを聞いた。ことに、相手が対等の士人でなくして、自分の家に養われた奴僕《ぬぼく》であることを知ると、少年の心は、無念の憤《いきどお》りに燃えた。彼は即座に復讐の一義を、肝深く銘じた。彼は、馳せて柳生《やぎゅう》の道場に入った。十九の年に、免許皆伝を許されると、彼はただちに報復の旅に上ったのである。もし、首尾よく本懐を達して帰れば、一家再興の肝煎《きもい》りもしようという、親類一同の激励の言葉に送られながら。

実之助は、馴れぬ旅路に、多くの艱難を苦しみながら、諸国を遍歴して、ひたすら敵《かたき》市九郎の所在を求めた。市九郎をただ一度さえ見たこともない実之助にとっては、それは雲をつかむがごときおぼつかなき捜索であった。五畿内《きない》、東海、東山、山陰、山陽、北陸、南海と、彼は漂泊《さすらい》の旅路に年を送り年を迎え、二十七の年まで空虚な遍歴の旅を続けた。敵に対する怨みも憤りも、旅路の艱難に消磨せんとすることたびたびであった。が、非業に殪《たお》れた父の無念を思い、中川家再興の重任を考えると、奮然と志を奮い起すのであった。

江戸を立ってからちょうど九年目の春を、彼は福岡の城下に迎えた。本土を空しく尋ね歩いた後に、辺陲《へんすい》の九州をも探ってみる気になったのである。

福岡の城下から中津の城下に移った彼は、二月に入った一日、宇佐八幡宮に賽《さい》して、本懐の一日も早く達せられんことを祈念した。実之助は、参拝を終えてから境内の茶店に憩うた。その時に、ふと彼はそばの百姓体《てい》の男が、居合せた参詣客に、

「その御出家は、元は江戸から来たお人じゃげな。若い時に人を殺したのを懺悔して、諸人済度の大願を起したそうじゃが、今いうた樋田の刳貫《こかん》は、この御出家一人の力でできたものじゃ」と語るのを耳にした。

この話を聞いた実之助は、九年この方いまだ感じなかったような興味を覚えた。彼はやや急《せ》き込みながら、「率爾《そつじ》ながら、少々ものを尋ねるが、その出家と申すは、年の頃はどれぐらいじゃ」と、きいた。その男は、自分の談話が武士の注意をひいたことを、光栄であると思ったらしく、

「さようでございますな。私はその御出家を拝んだことはございませぬが、人の噂では、もう六十に近いと申します」

「丈《たけ》は高いか、低いか」と、実之助はたたみかけてきいた。

「それもしかとは、分かりませぬ。何様、洞窟の奥深くいられるゆえ、しかとは分かりませぬ」

「その者の俗名は、なんと申したか存ぜぬか」

「それも、とんと分かりませんが、お生れは越後の柏崎で、若い時に江戸へ出られたそうでござります」と、百姓は答えた。

ここまできいた実之助は、躍り上って欣《よろこ》んだ。彼が、江戸を立つ時に、親類の一人は、敵《かたき》は越後柏崎の生れゆえ、故郷へ立ち回るかも計りがたい、越後は一入《ひとしお》心を入れて探索せよという、注意を受けていたのであった。

実之助は、これぞ正しく宇佐八幡宮の神託なりと勇み立った。彼はその老僧の名と、山国谷に向う道をきくと、もはや八つ刻を過ぎていたにもかかわらず、必死の力を双脚に籠めて、敵の所在《ありか》へと急いだ。その日の初更近く、樋田村に着いた実之助は、ただちに洞窟へ立ち向おうと思ったが、焦《あせ》ってはならぬと思い返して、その夜は樋田駅の宿に焦慮の一夜を明かすと、翌日は早く起き出でて、軽装して樋田の刳貫へと向った。

刳貫の入口に着いた時、彼はそこに、石の砕片《かけら》を運び出している石工に尋ねた。

「この洞窟の中に、了海といわるる御出家がおわすそうじゃが、それに相違ないか」

「おわさないでなんとしょう。了海様は、この洞《ほこら》の主も同様な方じゃ。はははは」と、石工は心なげに笑った。

実之助は、本懐を達すること、はや眼前にありと、欣び勇んだ。が、彼はあわててはならぬと思った。

「して、出入り口はここ一カ所か」と、きいた。敵に逃げられてはならぬと思ったからである。

「それは知れたことじゃ。向うへ口を開けるために、了海様は塗炭の苦しみをなさっているのじゃ」

と、石工が答えた。

実之助は、多年の怨敵が、嚢中の鼠のごとく、目前に置かれてあるのを欣んだ。たとい、その下に使わるる石工が幾人いようとも、切り殺すに何の造作もあるべきと、勇み立った。

「其方《そち》に少し頼みがある。了海どのに御意得たいため、遥々と尋ねて参った者じゃと、伝えてくれ」

と、いった。石工が、洞窟の中へはいった後で、実之助は一刀の目くぎを湿した。彼は、心のうちで、生来初めてめぐりあう敵の容貌を想像した。洞門の開鑿を統領しているといえば、五十は過ぎているとはいえ、筋骨たくましき男であろう。ことに若年《じゃくねん》の頃には、兵法に疎《うと》からざりしというのであるから、ゆめ油断はならぬと思っていた。

が、しばらくして実之助の面前へと、洞門から出てきた一人の乞食僧があった。それは、出てくるというよりも、蟇《がま》のごとく這い出てきたという方が、適当であった。それは、人間というよりも、むしろ、人間の残骸というべきであった。肉ことごとく落ちて骨あらわれ、脚の関節以下はところどころただれて、長く正視するに堪えなかった。破れた法衣によって、僧形とは知れるものの、頭髪は長く伸びて皺だらけの額をおおっていた。老僧は、灰色をなした目をしばたたきながら、実之

助を見上げて、

「老眼衰えはてまして、いずれの方ともわきまえかねまする」と、いった。

実之助の、極度にまで、張り詰めてきた心は、この老僧を一目見た刹那たじたじとなってしまっていた。彼は、心の底から憎悪を感じ得るような悪僧を欲していた。しかるに彼の前には、人間とも死骸ともつかぬ、半死の老僧が蹲っているのである。実之助は、失望し始めた自分の心を励まして、

「そのもとが、了海といわるるか」と、意気込んできいた。

「いかにも、さようでござります。してそのもとは」と、老僧は訝《いぶか》しげに実之助を見上げた。

「了海とやら、いかに僧形に身をやつすとも、よも忘れはいたすまい。汝、市九郎と呼ばれし若年の砌《みぎり》、主人中川三郎兵衛を打って立ち退いた覚えがあろう。某《それがし》は、三郎兵衛の一子実之助と申すものじゃ。もはや、逃れぬところと覚悟せよ」

と、実之助の言葉は、あくまで落着いていたが、そこに一歩も、許すまじき厳正さがあった。

が、市九郎は実之助の言葉をきいて、少しもおどろかなかった。

「いかさま、中川様の御子息、実之助様か。いやお父上を打って立ち退いた者、この了海に相違ござりませぬ」と、彼は自分を敵と狙う者に会ったというよりも、旧主の遺児《わすれご》に会った親しさをもって答えたが、実之助は、市九郎の声音《こわね》に欺かれてはならぬと思った。

「主を打って立ち退いた非道の汝を討つために、十年に近い年月を艱難のうちに過したわ。ここで

会うからは、もはや逃れぬところと尋常に勝負せよ」と、いった。

市九郎は、少しも悪怯《わるび》れなかった。もはや期年のうちに成就すべき大願を見果てずして死ぬことが、やや悲しまれたが、それもおのれが悪業の報《むく》いであると思うと、彼は死すべき心を定めた。

「実之助様、いざお切りなされい。おきき及びもなされたろうが、これは了海めが、罪亡しに掘り穿とうと存じた洞門でござるが、十九年の歳月を費やして、九分までは竣工いたした。了海、身を果つとも、もはや年を重ねずして成り申そう。御身の手にかかり、この洞門の入口に血を流して人柱となり申さば、はや思い残すこともござりませぬ」と、いいながら、彼は見えぬ目をしばたたいたのである。

実之助は、この半死の老僧に接していると、親の敵《かたき》に対して懐いていた憎しみが、いつの間にか、消え失せているのを覚えた。敵は、父を殺した罪の懺悔に、身心を粉に砕いて、半生を苦しみ抜いている。しかも、自分が一度名乗りかけると、唯々《いい》として命を捨てようとしているのである。かかる半死の老僧の命を取ることが、なんの復讐であるかと、実之助は考えたのである。が、しかしこの敵を打たざる限りは、多年の放浪を切り上げて、江戸へ帰るべきよすがはなかった。まして家名の再興などは、思いも及ばぬことであったのである。実之助は、憎悪よりも、むしろ打算の心からこの老僧の命を縮めようかと思った。が、激しい燃ゆるがごとき憎悪を感ぜずして、打算から人間を殺すことは、実之助にとって忍びがたいことであった。彼は、消えかかろうとする憎悪の心を励ましながら、打ち甲斐なき敵を打とうとしたのである。

その時であった。洞窟の中から走り出て来た五、六人の石工は、市九郎の危急を見ると、挺身して彼を庇《かば》いながら「了海様をなんとするのじゃ」と、実之助を咎めた。彼らの面には、仕儀によっては許すまじき色がありありと見えた。

「子細あって、その老僧を敵と狙い、端なくも今日めぐりおうて、本懐を達するものじゃ。妨げいたすと、余人なりとも容赦はいたさぬぞ」と、実之助は凜然といった。

が、そのうちに、石工の数は増え、行路の人々が幾人となく立ち止って、彼らは実之助を取り巻きながら、市九郎の身体に指の一本も触れさせまいと、銘々にいきまき始めた。

「敵を討つ討たぬなどは、それはまだ世にあるうちのことじゃ。見らるる通り、了海どのは、染衣薙髪《せんいちはつ》の身である上に、この山国谷七郷の者にとっては、持地菩薩の再来とも仰がれる方じゃ」と、そのうちのある者は、実之助の敵討ちを、叶わぬ非望であるかのようにいい張った。

が、こう周囲の者から妨げられると、実之助の敵に対する怒りはいつの間にか蘇《よみがえ》っていた。彼は武士の意地として、手をこまねいて立ち去るべきではなかった。

「たとい沙門《しゃもん》の身なりとも、主殺しの大罪は免れぬぞ。親の敵を討つ者を妨げいたす者は、一人も容赦はない」と、実之助は一刀の鞘を払った。実之助を囲う群衆も、皆ことごとく身構えた。すると、その時、市九郎はしわがれた声を張り上げた。

「皆の衆、お控えなされい。了海、討たるべき覚え十分ござる。この洞門を穿つことも、ただその罪滅ぼしのためじゃ。今かかる孝子のお手にかかり、半死の身を終ること、了海が一期《ご》の願いじゃ。皆の衆妨げ無用じゃ」

こういいながら市九郎は、身を挺して、実之助のそばにいざり寄ろうとした。かねがね、市九郎の強剛なる意志を知りぬいている周囲の人々は、彼の決心を翻《ひるがえ》すべき由もないのを知った。市九郎の命、ここに終るかと思われた。その時、石工の統領が、実之助の前に進み出でながら、

「御武家様も、おきき及びでもござろうが、この刳貫は了海様、一生の大誓願にて、二十年に近き御辛苦に身心を砕かれたのじゃ。いかに、御自身の悪業とはいえ、大願成就を目前に置きながら、お果てなさるること、いかばかり無念であろう。我らのこぞってのお願いは、長くとは申さぬ、この刳貫の通じ申す間、了海様のお命を、我らに預けては下さらぬか。刳貫さえ通じた節は、即座に了海様を存分になさりませ」と、彼は誠を表して哀願した。群衆は口々に、

「ことわりじゃ、ことわりじゃ」と、賛成した。

実之助も、そういわれてみると、その哀願をきかぬわけにはいかなかった。今ここで敵を討とうとして、群衆の妨害を受けて不覚を取るよりも、刳通の竣工を待ったならば、今でさえ自ら進んで討たれようという市九郎が、義理に感じて首を授けるのは、必定であると思った。またそうした打算から離れても、敵とはいいながらこの老僧の大誓願を遂げさしてやるのも、決して不快なことで

はなかった。実之助は、市九郎と群衆とを等分に見ながら、

「了海の僧形にめでてその願い許して取らそう。束《つが》えた言葉は忘れまいぞ」と、いった。

「念もないことでござる。一分の穴でも、一寸の穴でも、この刳貫が向う側へ通じた節は、その場を去らず了海様を討たさせ申そう。それまではゆるゆると、この辺りに御滞在なされませ」と、石工の棟梁は、穏やかな口調でいった。

市九郎は、この紛擾《ふんじょう》が無事に解決が付くと、それによって徒費した時間がいかにも惜しまれるように、にじりながら洞窟の中へ入っていった。

実之助は、大切の場合に思わぬ邪魔が入って、目的が達し得なかったことを憤った。彼はいかんともしがたい鬱憤を抑えながら、石工の一人に案内せられて、木小屋のうちへ入った。自分一人になって考えると、敵を目前に置きながら、討ち得なかった自分の腑甲斐なさを、無念と思わずにはいられなかった。彼の心はいつの間にか苛《いら》だたしい憤りでいっぱいになっていた。彼は、もう刳貫の竣成を待つといったような、敵に対する緩《ゆるや》かな心をまったく失ってしまった。彼は今宵にも洞窟の中へ忍び入って、市九郎を討って立ち退こうという決心の臍《ほぞ》を固めた。が、実之助が市九郎の張り番をしているように、石工たちは実之助を見張っていた。

最初の二、三日を、心にもなく無為に過したが、ちょうど五日目の晩であった。毎夜のことなので、石工たちも警戒の目を緩めたと見え、丑《うし》に近い頃に何人《なんぴと》もいぎたない眠りに入っていた。実之助は、

今宵こそと思い立った。彼は、がばと起き上ると、枕元の一刀を引き寄せて、静かに木小屋の外に出た。それは早春の夜の月が冴えた晩であった。山国川の水は月光の下に蒼く渦巻きながら流れていた。が、周囲の風物には目もくれず、実之助は、足を忍ばせてひそかに洞門に近づいた。削り取った石塊が、ところどころに散らばって、歩を運ぶたびごとに足を痛めた。

洞窟の中は、入口から来る月光と、ところどころに刳《く》り明けられた窓から射し入る月光とで、ところどころほの白く光っているばかりであった。彼は右方の岩壁を手探《たぐ》り手探り奥へ奥へと進んだ。

入口から、二町ばかり進んだ頃、ふと彼は洞窟の底から、クワックワッと間を置いて響いてくる音を耳にした。彼は最初それがなんであるか分からなかった。が、一歩進むに従って、その音は拡大していって、おしまいには洞窟の中の夜の寂静《じゃくじょう》のうちに、こだまするまでになった。それは、明らかに岩壁に向って鉄槌を下す音に相違なかった。実之助は、その悲壮な、凄みを帯びた音によって、自分の胸が激しく打たれるのを感じた。奥に近づくに従って、玉を砕くような鋭い音は、洞窟の周囲にこだまして、実之助の聴覚を、猛然と襲ってくるのであった。彼は、この音をたよりに這いながら近づいていった。この槌の音の主こそ、敵了海に相違あるまいと思った。ひそかに一刀の鯉口《こいぐち》を湿しながら、息を潜めて寄り添うた。その時、ふと彼は槌の音の間々に囁《ささや》くがごとく、うめくがごとく、了海が経文を誦《じゅ》する声をきいたのである。

そのしわがれた悲壮な声が、水を浴びせるように実之助に徹してきた。深夜、人去り、草木眠っている中に、ただ暗中に端座して鉄槌を振っている了海の姿が、墨のごとき闇にあってなお、実之助の心眼に、ありありとして映ってきた。それは、もはや人間の心ではなかった。喜怒哀楽の情の上にあって、ただ鉄槌を振っている勇猛精進の菩薩心であった。実之助は、握りしめた太刀の柄が、いつの間にか緩んでいるのを覚えた。彼はふと、われに返った。すでに仏心を得て、衆生のために、砕身の苦を嘗めている高徳の聖《ひじり》に対し、深夜の闇に乗じて、ひはぎのごとく、獣のごとく、瞋恚《しんい》の剣を抜きそばめている自分を顧《かえりみ》ると、彼は強い戦慄が身体を伝うて流れるのを感じた。

洞窟を揺がせるその力強い槌の音と、悲壮な念仏の声とは、実之助の心を散々に打ち砕いてしまった。彼は、潔く竣成の日を待ち、その約束の果さるるのを待つよりほかはないと思った。

実之助は、深い感激を懐きながら、洞外の月光を目指し、洞窟の外に這い出たのである。

そのことがあってから間もなく、刳貫の工事に従う石工のうちに、武家姿の実之助の姿が見られた。彼はもう、老僧を闇討ちにして立ち退こうというような険しい心は、少しも持っていなかった。了海が逃げも隠れもせぬことを知ると、彼は好意をもって、了海がその一生の大願を成就する日を、待ってやろうと思っていた。

が、それにしても、茫然と待っているよりも、自分もこの大業に一臂《び》の力を尽くすことによって、いくばくかでも復讐の期日が短縮せらるるはずであることを悟ると、実之助は自ら石工に伍して、槌を振い始めたのである。

敵と敵とが、相並んで槌を下した。実之助は、本懐を達する日の一日でも早かれと、懸命に槌を振った。了海は実之助が出現してからは、一日も早く大願を成就して孝子の願いを叶えてやりたいと思ったのであろう。彼は、また更に精進の勇を振って、狂人のように岩壁を打ち砕いていた。

そのうちに、月が去り月が来た。実之助の心は、了海の大勇猛心に動かされて、彼自ら刳貫の大業に讐敵《しゅうてき》の怨みを忘れようとしがちであった。

石工共が、昼の疲れを休めている真夜中にも、敵と敵とは相並んで、黙々として槌を振っていた。

それは、了海が樋田の刳貫に第一の槌を下してから二十一年目、実之助が了海にめぐりあってから一年六カ月を経た、延享《えんきょう》三年九月十日の夜であった。この夜も、石工どもはことごとく小屋に退いて、了海と実之助のみ、終日の疲労にめげず懸命に槌を振っていた。その夜九つに近き頃、了海が力を籠めて振り下した槌が、朽木を打つがごとくなんの手答えもなく力余って、槌を持った右の掌が岩に当ったので、彼は「あっ」と、思わず声を上げた。その時であった。了海の朦朧たる老眼にも、紛《まぎ》れなくその槌に破られたる小さき穴から、月の光に照らされたる山国川の姿が、ありありと映ったのである。了海は「おう」と、全身を震わせるような名状しがたき叫び声を上げたかと思うと、それにつづいて、狂したかと思われるような歓喜の泣笑が、洞窟をものすごく動揺《うご》めかしたのである。

「実之助どの。御覧なされい。二十一年の大誓願、端なくも今宵成就いたした」

こういいながら、了海は実之助の手を取って、小さい穴から山国川の流れを見せた。その穴の真下に黒ずんだ土の見えるのは、岸に添う街道に紛れもなかった。敵と敵とは、そこに手を執り合うて、大歓喜の涙にむせんだのである。が、しばらくすると了海は身を退《すさ》って、

「いざ、実之助殿、約束の日じゃ。お切りなされい。かかる法悦の真ん中に往生いたすなれば、極楽浄土に生るること、必定疑いなしじゃ。いざお切りなされい。明日ともなれば、石工共が、妨げいたそう、いざお切りなされい」と、彼のしわがれた声が洞窟の夜の空気に響いた。が、実之助は、了海の前に手を拱《こまね》いて座ったまま、涙にむせんでいるばかりであった。心の底から湧き出ずる歓喜に泣く凋《しな》びた老僧を見ていると、彼を敵として殺すことなどは、思い及ばぬことであった。敵を討つなどという心よりも、このかよわい人間の双の腕《かいな》によって成し遂げられた偉業に対する驚異と感激の心とで、胸がいっぱいであった。彼はいざり寄りながら、再び老僧の手をとった。二人はそこにすべてを忘れて、感激の涙にむせび合うたのであった。

町中の月　永井荷風

灯火《とうくわ》のつきはじめるころ、銀座尾張町の四辻で電車を降《おり》ると、夕方の澄みわたつた空は、真直な広い道路に遮られるものがないので、時々まんまるな月が見渡す建物の上に、少し黄ばんだ色をして、大きく浮んでゐるのを見ることがある。

時間と季節とによつて、月は低く三越の建物の横手に見えることもある。或はずつと高く歌舞伎座の上、或は猶高く、東京劇場の塔の上にかゝつてゐることもある。

街路の上はこの時間には、夏冬とも鉛色した塵埃に籠められ、一二町先は灯火の外何物も能くは見えないほど濛々としてゐる。その為でもあるか、街上の人通りを見ると、誰一人明月の昇りかけてゐるのに気のつくものはないらしい。

服部時計店の店硝子《みせがらす》を後《うしろ》に、その欄干《てすり》に倚りかゝつて、往徠《ゆきき》の人を見てゐる男や女は幾人もあるが、それは友達か何かを待ち合してゐるものらしく、明月の次第に高く昇るのを見てゐるのではない。車留《くるまどめ》の信号の色が替るのを待ち兼ねて、通行の車と人とは、前後に列を乱して休みもなく走り動いてゐる。

わたくしがたま〳〵静に月を観やうといふやうな——それも成るべく河の水の流れてゐるあたりへ行つて眺めやうと云ふ心持になるのは、大抵尾張町の空に、月の昇りかけてゐるのを見る夕方である。

東京の気候は十二月に入《はい》ると、風のない晴天がつゞいて、寒気も却て初冬のころよりも凌ぎよくなる。日は一日ごとに短くなり、町の灯火は四時ごろになると、早くも立迷ふ夕靄の底からきらめき初める。

わたくしはいつも此時間に散歩を兼ねて、日常の必要品を購ひに銀座へ出る。それ故明月を観るため、築地から越前堀あたりまで歩くのも年の中《うち》で冬至の前後が最も多いことになるのである。

むかしは銀座通の東裏《ひがしうら》を流れてゐる三十間堀の河岸も、月を見ながら歩けるほど静であつたが、今は自動車と酔漢とを避《よ》けるわづらはしさに堪へられない。築地川は劇場の灯火が月を見るには明るすぎる。鬨《かちどき》のわたし場《ば》は近年架橋の工事中で、近寄ることもできない。明石町の真中を流れてゐた堀割は、その両岸に茂つた柳の並木と、沿岸の家の樹木とに、居留地のむかしを思出させた処であつたが、今は埋立てられて、乗合自動車の往復する広い道路となつた。

こんな有様なので、わたくしが月を見ながら歩く道順は、佃のわたし場から湊町の河岸に沿ひ、やがて稲荷橋から其向ひの南高橋をわたり、越前堀の物揚場《ものあげば》に出る。

稲荷橋は八丁堀の流が海に入るところ。鉄砲洲稲荷の傍《かたはら》にかゝつてゐるので、その名を得たのであらう。この河口《かはぐち》は江戸時代から大きな船の碇泊した港で、今日でも東京湾汽船会社の桟橋と、船客の待合所とが設けられ、大嶋行の汽船がこの河筋ではあたりを圧倒するほど偉大な船体と檣と烟突とを空中に聳《そび》やかしてゐる。道路は汽船の発着する間際を除けば、夜などは人通りがないくらゐで、立ちつゞく倉庫のあひだに、わびし気な宿屋が薄暗い灯《あかり》を出してゐるばかり。外から見た様子では、泊りの客も多くはないらしい。これに反して、水の上は荷船や運送船の数も知れず、日の暮れかゝるころには、それ等の船ごとに舷《ふなばた》で焚くコークスの焔が、かすみ渡る夕靄のあひだに、遠く近く閃き動くさま、名所絵に見る白魚舟の篝火を思起させる。

わたくしは稲荷橋に来て、その欄干に身をよせると、おのづからむかし深川へ通つた猪牙舟《ちよきぶね》を想像し、つゞいて為永春水の小説春暁八幡佳年《しゆんげうはちまんがね》の一節を憶ひだすのである。それは月の冴渡つた冬の夜ふけ、深川がへりの若檀那が、馴染《なじみ》の船頭に猪牙舟を漕がせ、永代橋の下をくゞる時身投の娘を救上げ、稲荷橋へ来かゝると云ふところである。春水は現代の作家の如く意識して、その小説中に河上の風景を描写したものではないが、然し対話の間に歴々として能くその情景を現してゐる事は、さすがに老練の筆と云はなくてはならない。わたくしは之を抄録したい。

客弥三郎「ナントいゝ月夜ぢやアねへか。」
船頭兼「左様《さやう》サ歌でもおよみなせへまし。」
客「歌どころか寝言も言へねへ。」
船頭「左様《さう》でもごぜへますめへ。秀八と寝言《ねごと》の手がありやアしませんかね。」
客「大違ひ〳〵。」
船「御簾《みす》になる竹の産着《うぶぎ》や皮草履かね。」

客「大分風流めかすノ。そりやアいゝ。船はどこにある。」
船「ソレさつき木場から直に参《めへ》りましたから八幡の裏堀にもやつてあります。」
客「ム、左様《さう》だつけの。」(ト言ひながら船にいたる。)
船「サアお乗ンなせへまし。お手をとりませうか。」
客「サアよし／＼御苦労ながらやつてくんな。」
……中略……
客「トキニこゝは閻魔堂橋あたりか。」
船「どういたして。モウ油堀でごぜへます。」
客「たいさう。早いのう。然し是からは大川の乗切《のつきり》が太義《たいぎ》だのう。」
船「ナニまだ今の内は宜《よう》ごぜへますが、雪の降る晩なんざア実に泣くやうでごぜへますぜ。」
客「左様《さう》だらうヨのウ。」
船「早く稲荷橋まで乗込みてへもんだ。ヱ、モシ、旦那。思ひの外に夜がふけましたねへ。何だか今時分になると薄気味がわるウごぜへますぜ。」
客「浪へ月がうつるので、きら／＼してものすごい様《やう》だの。」
船「おつなもんだ。夜と昼ぢやアたいさうに川の景色が違ひますぜ。」
客「闇の夜より月夜の方がこわい様だぜ。おやもう永代橋だの。」

船「御覧《ごらう》じまし。昼間だと橋の上の足音でドン／＼そう／〲しうごぜへますが、夜はアレ水の流れる音がすごく聞へますぜ。ドレ／＼思ひきつて大間《おほま》を抜けやう。」

……此時いづれの御屋敷にや八ツの時廻り河風にさそひてカチカチカチ。

稲荷橋をわたると、筋違《すぢか》ひに電車の通る南高橋がかゝつてゐる。電車通りの灯火を避《よ》けて、河岸づたひに歩みを運ぶと、この辺《へん》は倉庫と運送問屋の外殆ど他の商店はないので、日が暮れると昼中の騒しさとは打つて変つて人通りもなく貨物自動車も通らない。石川島と向ひ合ひになつた岸には栄橋と、一の橋とがかゝつてゐて、水際に渡海神社といふ小さな祠《ほこら》がある。永代橋に近くなると、宏大な三菱倉庫が鉄板の戸口につけた薄暗い灯影《とうえい》で、却つてあたりを物淋しくしてゐる。そして倉庫の前の道路は、すぐさま広い桟橋につゞくので、あたりは空地でも見るやうにひろ／〲としてゐる。

わたくしはいつも此桟橋のはづれまで出て、太い杭《くひ》に腰をかけ、ぴた／＼寄せて来る上潮の音をきゝながら月を見る……。

軒もる月

樋口一葉

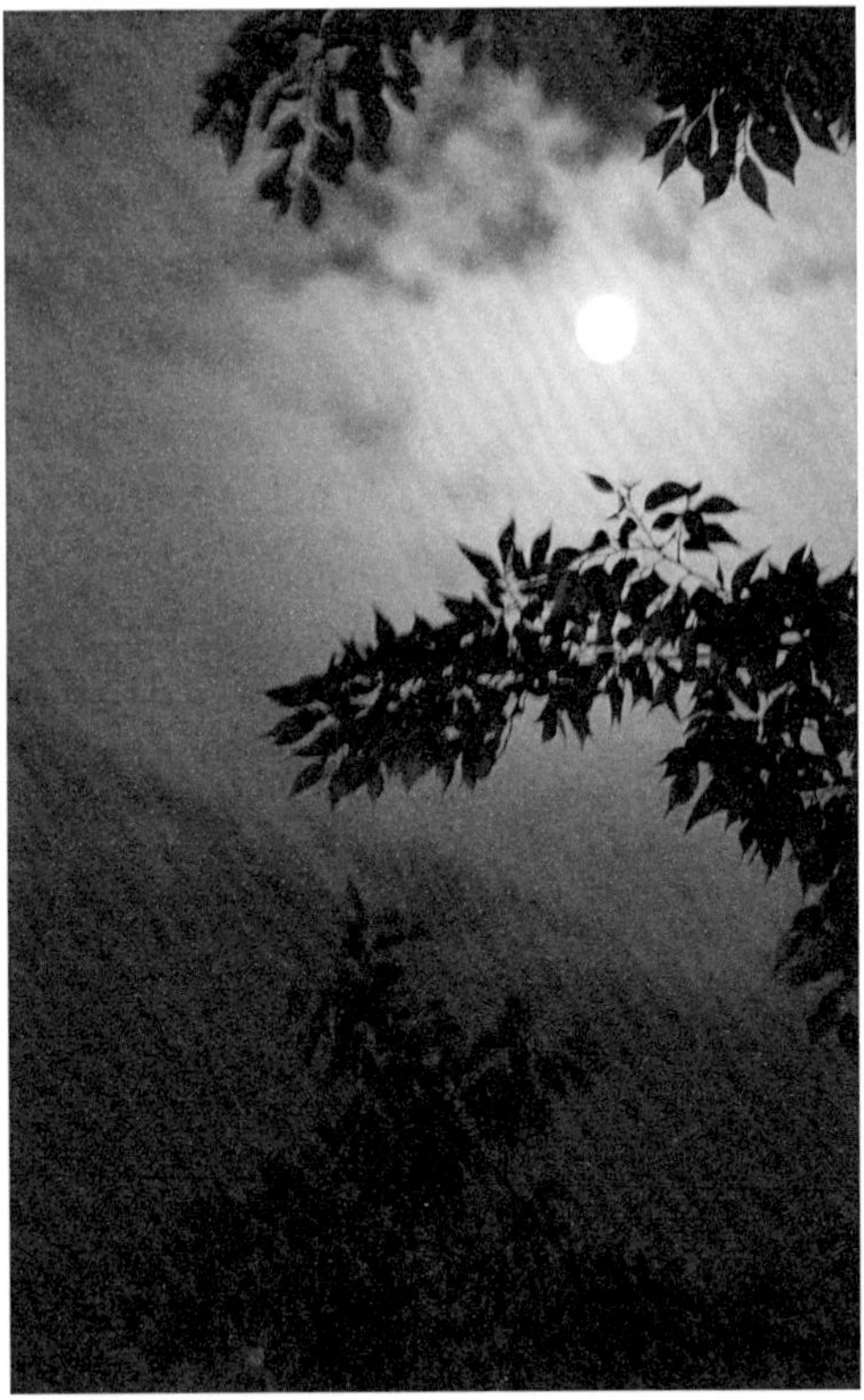

「我が良人《をつと》は今宵《こよひ》も帰りのおそくおはしますよ。我が子は早く睡《ねむ》りしに、帰らせ給はゞ興《きよう》なくや思《おぼ》さん。大路《おほぢ》の霜に月氷《こほ》りて、踏む足いかに冷たからん。炬燵《こたつ》の火もいとよし、酒もあたゝめんばかりなるを。時は今何時《なんどき》にか、あれ、空に聞ゆるは上野《うへの》の鐘ならん。二ツ三ツ四ツ、八時《はちじ》か、否《いな》、九時《くじ》になりけり。さても遅くおはします事かな、いつも九時のかねは膳の上にて聞き給ふを。それよ、今宵よりは一時《いちじ》づゝの仕事を延ばして、この子が為《ため》の収入を多くせんと仰せられしなりき。火気《くわき》の満《みち》たる室《しつ》にて頸《くび》やいたからん、振《ふり》あぐる鎚《つち》に手首や痛からん」

女は破《や》れ窓《まど》の障子を開《ひ》らきて外面《そとも》を見わたせば、向ひの軒《のき》ばに月のぼりて、此処《こゝ》にさし入る影はいと白く、霜や添ひ来《き》し身内もふるへて、寒気は肌《はだ》に針さすやうなるを、しばし何事も打《うち》わすれたる如《ごと》く眺《なが》め入《いり》て、ほと長くつく息、月かげに煙をゑがきぬ。

「桜町《さくらまち》の殿《との》は最早《もはや》寝処《しんじよ》に入《い》り給ひし頃《ころ》か。さらずは燈火《ともしび》のもとに書物をや開《ひら》き給ふ。然《さ》らずは机の上に紙を展《の》べて、静かに筆をや動かし給ふ。書かせ給ふは何ならん、何事かの御打合《おんうちあは》せを御朋友《ごほうゆう》の許《もと》へか、さらずば御母上《おんはゝうへ》に御機嫌《おきげん》うかゞひの御状《ごでう》か、さらずば御胸《おむね》にうかぶ妄想《ばうさう》のすて所《どころ》、詩か歌か。さらずば、さらずば、我が方《かた》に賜はらんとて甲斐《かひ》なき御玉章《おんたまづさ》に勿躰《もつたい》なき筆をや染め給ふ。

幾度幾通《いくたびいくつう》の御文《おんふみ》を拝見だにせぬ我れ、いかばかり憎くしと思《おぼ》しめすらん。拝《はい》さばこの胸《むね》寸断になりて、常の決心の消えうせん覚束《おぼつか》なさ。ゆるし給へ、我れはいかばかり憎くき物に覚《おぼ》しめされて、物知らぬ女子《をなご》とさげすみ給ふも厭《いと》はじ。我れはかゝる果敢《はか》なき運を持ちてこの世に生れたるなれば、殿が憎くしみに逢《あ》ふべきほどの果敢なき運を持ちて、この世に生れたるなれば、ゆるし給へ、不貞の女子《をなご》に計《はか》らはせさせ給ふな、殿。

卑賤《ひせん》にそだちたる我身《わがみ》なれば、始《はじめ》よりこの以上《うへ》を見も知らで、世間は裏屋に限れる物と定《さだ》め、我家《わがや》のほかに天地のなしと思はゞ、はかなき思ひに胸も燃えじを、暫時《しばし》がほども交《まじは》りし社会は夢に天上に遊べると同じく、今さらに思ひやるも程とほし。身は桜町家《さくらまちけ》に一年幾度《いちねんいくど》の出替り、小間使《こまづかひ》といへば人らしけれど、御寵愛《ごてうあい》には犬猫《いぬねこ》も御膝《おひざ》をけがす物ぞかし。

言はゞ我が良人《をっと》をはづかしむるやうなれど、そもそも御暇《おいとま》を賜はりて家に帰りし時、聟《むこ》と定《さだ》まりしは職工にて工場《こうば》がよひする人と聞きし時、勿躰《もったい》なき比らべなれど、我れは殿の御地位《ごちゐ》を思ひ合せて、天女が羽衣《はごろも》を失ひたる心地もしたりき。

よしやこの縁《ゑん》を厭《いと》ひたりとも、野末の草花《さうくわ》は書院の花瓶《くわびん》にさゝれん物か。恩愛ふかき親に苦を増させて、我れは同じき地上に彷徨《さまよは》ん身の、取《とり》あやまちても天上は叶《かな》ひがたし。もし叶ひたりとも、そは邪道にて、正当の人の目よりはいかに汚らはしく浅ましき身とおとされぬべき。我れはさても、殿をば浮世《うきよ》に誹《そし》らせ参らせん事くち惜し。御覧ぜよ、奥方の御目《おめ》には我れを憎しみ、殿をば嘲《あざけ》りの色の浮かび給ひしを」

女子《おなご》は太息《といき》に胸の雲を消して、月もる窓を引《ひき》たつれば、音に目さめて泣出《なきいづ》る稚児《おさなご》を、「あはれ可愛《かあい》し、いかなる夢をか見つる。乳まいらせん」と懐《ふところ》あくれば、笑《ゑ》みてさぐるも憎くからず、

「勿躰《もつたい》なや、この子といふ可愛《かあい》きもあり。此《これ》子が為《ため》、我が為、不自由あらせじ、憂き事のなかれ、少しは余裕もあれかしとて、朝は人より早く起き、夜《よ》はこの通り更けての霜に寒さを堪《こら》へて、『袖《そで》よ、今の苦労は愁《つ》らくとも、暫時《しばし》の辛棒《しんばう》ぞしのべかし。やがて伍長《ごちやう》の肩書も持たば、鍛工場《たんこうじやう》の取締りとも言はれなば、家は今少し広く、小女《こおんな》の走り使ひを置きて、そのかよわき身に水は汲《く》まさじ。我れを腑甲斐《ふがひ》なしと思ふな。腕には職あり、身は健かなるに、いつまでかくてはあらぬ物を』と口癖《くちぐせ》に仰せらるゝは、何所《どこ》やら我が心の顔に出でゝ、卑しむ色の見えけるにや。恐ろしや、この大恩の良人《おつと》に然《さ》る心を持ちて、仮にもその色の顕《あら》はれもせば。

父の一昨年《おとゝし》うせたる時も、母の去年うせたる時も、心からの介抱に夜《よ》るも帯を解き給はず、咳《せ》き入るとては背を撫《な》で、寐《ね》がへるとては抱起《だきおこ》しつ、三月《みつき》にあまる看病を人手《ひとで》にかけじと思《おぼ》し召《めし》の嬉《うれ》しさ、それのみにても我れは生涯大事《せうがいだいじ》にかけねばなるまじき人に、不足らしき素振《そぶり》のありしか。我れは知らねど、さもあらば何《なん》とせん。果敢《はか》なき楼閣を空中に描《えが》く時、うるさしや我が名の呼声《よびごえ》、袖《そで》、何《なに》せよ彼《かに》せよの言付《いひつけ》に消されて、思ひこゝに絶ゆれば、恨《うらみ》をあたりに寄せもやしたる。勿躰《もつたい》なき罪は我が心よりなれど、桜町の殿といふ面《おも》かげなくば、胸の鏡に映るものもあらじ。罪は我身《わがみ》か、殿か、殿だになくは我が心は静《しづか》なるべきか。否《いな》、かゝる事は思ふまじ。呪咀《じゆそ》の詞《ことば》となりて忌むべき物を。

母が心の何方《いづかた》に走れりとも知らで、乳に倦《あ》きれば乳房に顔を寄せたるまゝ思ふ事なく寐入《ねいり》し児《ちご》の、頬《ほう》は薄絹《うすぎぬ》の紅《べに》さしたるやうにて、何事を語らんとや、折〳〵《をり〳〵》曲《ま》ぐる口元の愛らしさ、肥えたる腮《あご》の二重《ふたへ》なるなど、かかる人さへある身にて、我れは二《ふ》タ心《ごころ》を持ちて済むべきや。夢さら二タ心は持たぬまでも、我が良人《おっと》を不足に思ひて済むべきや。はかなし、はかなし、桜町の名を忘れぬ限り、我れは二タ心の不貞の女子《おなご》なり」

児《ちご》を静かに寝床にうつして、女子《をなご》はやをら立《たち》あがりぬ。眼《め》ざし定《さだ》まりて口元かたく結びたるまゝ、畳の破れに足も取られず、心ざすは何物ぞ。葛籠《つゞら》の底に納めたりける一二枚《いちにまい》の衣《きぬ》を打《う》かへして、浅黄《あさぎ》ちりめんの帯揚《おびあげ》のうちより、五通《つう》六通、数ふれば十二通《つう》の文《ふみ》を出《いだ》して旧《もと》の座へ戻《もど》れば、蘭燈《らんとう》のかげ少し暗きを、捻《ね》ぢ出《いだ》す手もとに見ゆるは殿の名。「よし匿名《かくしな》なりとも、この眼《め》に感じは変るまじ。今日まで封じを解かざりしは、我れながら心強しと誇りたる浅《あさ》はかさよ。胸のなやみに射る矢のおそろしく、思へば卑怯《ひきよう》の振舞《ふるまひ》なりし。身の行ひは清くもあれ、心の腐りのすてがたくば、同じ不貞の身なりけるを、いざさらば心試《こゝろだめ》しに拝し参らせん。殿も我が心を見給へ、我が良人《をっと》も御覧ぜよ。神もおはしまさば我《わ》が家《や》の軒に止《とゞ》まりて御覧ぜよ、仏もあらば我がこの手元に近よりても御覧ぜよ。我が心は清めるか濁れるか」

封じ目ときて取出《とりいだ》せば一尋《ひとひろ》あまりに筆のあやもなく、有難き事の数々、辱《かた》じけなき事の山々、思ふ、恋《した》ふ、忘れがたし、血の涙、胸の炎、これ等の文字《もんじ》を縦横《じうわう》に散らして、文字《もんじ》はやがて耳の脇《わき》に恐《おそろ》しき声もて囁《さいや》くぞかし。一通は手もとふるへて巻納《まきおさ》めぬ、二通も同じく、三通四通五六通《さんつうしつうごろくつう》より少し顔の色かはりて見えしが、八九十通十二通《はちくじつゝうじうにつう》、開らきては読み、よみては開《ひ》らく、文字《もんじ》は目に入《い》らぬか、入りても得《え》よまぬか。

長《たけ》なる髪をうしろに結びて、旧《ふ》りたる衣《きぬ》に軟《な》へたる帯、やつれたりとも美貌《びばう》とは誰《た》が目にも許すべし。「あはれ果敢《はか》なき塵塚《ちりづか》の中《うち》に運命を持てりとも、穢《きた》なき汚《よご》れは蒙《かふ》むらじと思へる身の、猶《なほ》何所《いづこ》にか悪魔のひそみて、あやなき物をも思はするよ。いざ雪ふらば降れ、風ふかば吹け、我が方寸《ほうすん》の海に波さわぎて、沖の釣舟《つりぶね》おもひも乱れんか、凪《な》ぎたる空に鴎《かもめ》なく春日《はるひ》のどかになりなん胸か、桜町が殿の容貌《おもかげ》も今は飽くまで胸にうかべん。我が良人《をつと》が所為《しよゐ》のをさなきも強《し》いて隠くさじ。百八煩悩《ひやくはちぼんのう》おのづから消えばこそ、殊更《ことさら》に何かは消さん。血も沸かば沸け、炎も燃へばもへよ」とて、微笑を含みて読みもてゆく、心は大滝《おほだき》にあたりて濁世《だくせ》の垢《あか》を流さんとせし、某《それ》の上人がためしにも同じく、恋人が涙の文字《もんじ》は幾筋《いくすぢ》の滝のほとばしりにも似て、気や失なはん、心弱き女子《をなご》ならば。

傍《そば》には可愛《かあゆ》き児《ちご》の寐姿《ねすがた》みゆ。膝《ひざ》の上には、「無情の君よ、我れを打捨て給ふか」と、殿の御声《おこゑ》ありあり聞えて、外面《そとも》には良人《をつと》や戻《もど》らん、更けたる月に霜さむし。

「たとへば我が良人《をつと》、今此処《こゝ》に戻らせ給ふとも、我れは恥かしさに面《おもて》あかみて此《これ》膝なる文《ふみ》を取《とり》かくすべきか。恥づるは心の疚《や》ましければなり、何かは隠くさん。

殿、今もし此処《こゝ》におはしまして、例《れい》の辱《かたじ》けなき御詞《おことば》の数々、さては恨みに憎くみのそひて御声《おんこゑ》あらく、さては勿躰《もつたい》なき御命《おいのち》いまを限りとの給ふとも、我れはこの眼《め》の動かん物か、この胸の騒がんものか。動くは逢見《あひみ》たき欲よりなり、騒ぐは下に恋しければなり」

女は暫時《しばし》悾惚《うつとり》として、そのすゝけたる天井を見上げしが、蘭燈《らんとう》の火《ほ》かげ薄き光を遠く投げて、おぼろなる胸にてりかへすやうなるもうら淋《さび》しく、四隣《あたり》に物おと絶えたるに霜夜の犬の長吠《とほゞ》えすごく、寸隙《すきま》もる風おともなく、身に迫りくる寒さもすさまじ。来《こ》し方往《かたゆ》く末《すへ》、おもひ忘れて夢路をたどるやうなりしが、何物ぞ、俄《にはか》にその空虚《うつろ》なる胸にひゞきたると覚しく、女子《をなご》はあたりを見廻して高く笑ひぬ。その身の影を顧り見て高く笑ひぬ。「殿、我良人《わがをつと》、我子《わがこ》、これや何者」とて高く笑ひぬ。目の前に散乱《ちりみだ》れたる文《ふみ》をあげて、「やよ殿、今ぞ別れまいらするなり」とて、目元に宿れる露もなく、思ひ切りたる決心の色もなく、微笑の面《おもて》に手もふるへで、一通二通八九通《いつゝうにつうはつくつう》、残りなく寸断に為《な》し終りて、熾《さか》んにもえ立つ炭火の中《うち》へ打込《うちこ》みつ打込みつ、からは灰にあとも止《とゞ》めず、煙りは空に棚引《たなび》き消ゆるを、「うれしや、我《わが》執着も残らざりけるよ」と打眺《うちなが》むれば、月やもりくる軒ばに風のおと清し。

（終）

月の夜

樋口一葉

村雲《むらくも》すこし有るもよし、無きもよし、みがき立てたるやうの月のかげに尺八の音《ね》の聞えたる、上手ならばいとをかしかるべし、三味《さみ》も同じこと、琴《こと》は西片町《にしかたまち》あたりの垣根ごしに聞たるが、いと良き月に弾く人のかげも見まほしく、物《もの》がたりめきて床《ゆか》しかりし、親しき友に別れたる頃の月いとなぐさめがたうも有るかな、千里《ちさと》のほかまでと思ひやるに添ひても行かれぬものなれば唯うらやましうて、これを仮《かり》に鏡となしたらば人のかげも映《うつ》るべしやなど果敢《はか》なき事さへ思ひ出でらる。さゝやかなる庭の池水《いけみづ》にゆられて見ゆるかげ物いふやうにて、手すりめきたる処《ところ》に寄りて久しう見入るれば、はじめは浮きたるやうなりしも次第に底ふかく、此池《このいけ》の深さいくばくとも測《はか》られぬ心地《こゝち》に成《なり》て、月は其《その》そこの底《そこ》のいと深くに住むらん物のやうに思はれぬ、久しうありて仰《あふ》ぎ見るに空なる月と水のかげと孰《いづ》れを誠《まこと》のかたちとも思はれず、物ぐるほしけれど箱庭《はこには》に作りたる石一《いしひと》つ水の面《おも》にそと取落《とりおと》せば、さゞ波すこし分れて是れにぞ月のかげ漂《たゞよ》ひぬ、斯《か》くはかなき事して見せつれば甥なる子の小さきが真似て、姉さまのする事我れもすとて硯《すゞり》の石いつのほどに持《も》て出《い》でつらん、我《わ》れもお月さま砕《くだ》くのなりとてはたと捨《す》てつ、それは亡《な》き兄の物なりしを身《み》に伝《つた》へていと大事と思ひたりしに果敢《はか》なき事にて失《うしな》ひつる罪得《つみえ》がましき事とおもふ、此池《このいけ》かへさせてなど言へども未《ま》ださながらにてなん、明《あけ》ぬれば月は空に還《かへ》りて名残《なごり》もとゞめぬを、硯《すゞり》はいかさまに成《なり》ぬらん、夜《よ》な／＼影や待《まち》とるらんと憐《あはれ》なり。嬉しきは月の夜の客人《まらうど》、つねは疎々《うと／＼》しくなどある人の心安《こゝろやす》げに訪《と》ひ寄《より》たる、男にても嬉《うれ》しきを、まして女《をんな》の友《とも》にさる人あらば如何《いか》ばかり嬉しからん、みづから出《いづ》るに難《かた》からば文《ふみ》にてもおこせかし、歌よみがましきは憎きものなれどかゝる夜《よ》の一言《ひとこと》には身にしみて思ふ友とも成《なり》ぬべし。大路《おほぢ》ゆく辻占《つぢうら》うりのこゑ、汽車の笛《ふえ》の遠くひゞきたるも、何《なに》とはなしに魂《たましひ》あくがるゝ心地《こゝち》す。

お月様の唄

豊島与志雄

一

お月様の中で、
尾《お》のない鳥が、
金の輪をくうわえて、
お、お、落ちますよ、
お、お、あぶないよ。

むかしむかし、まだ森の中には小さな、可愛《かわい》い森の精達が大勢《おおぜい》いました頃のこと、ある国に一人の王子がいられました。王様の一人子《ひとりご》でありましたから、大事に育てられていました。王子はごくやさしい、心の美しい方でした。

王子は小さい時から、どういうものか月を見るのが非常に好きでした。よくお城の櫓《やぐら》に上ったり、広いお庭に出たりして、夜遅くまで月を見ていられました。月を見ていると、亡くなられたお母様を見るような気がしました。母の女王は、三歳の時に亡くなられたので、王子はその顔も覚えていられませんでしたが、どう考えてもお母様は月に昇ってゆかれたように思われてなりませんでした。それで、じっと月を見ては亡くなられたお母様のことを考えていられました。

王子が八歳になられた時、ある晩やはりいつものように庭に出て、一人で月を見ていられますと、どこからともなく一人の小さな、頭に矢車草《やぐるまそう》の花をつけた一尺《いっしゃく》ばかりの人間が出て来ました。そして王子の前にひょっこりと頭を下げました。

王子はびっくりされました。そんな小さな人間はまだ見たことも聞いたこともありませんので。けれども、王子は姿はやさしく心は美しい方でしたけれど、後に国王となられるほどの人でありますので、非常に強い勇気を持っていられました。それで落ち付いた声で、一尺法師《いっしゃくほうし》にたずねられました。

「お前は何者だ？」

一尺法師は歌うようなちょうしで答えました。

「森の精じゃ。お城のうしろの、森の精じゃ」

王子は微笑《ほほえ》んでまたきかれました。

「何しに来たのだ？」

「王子様をお迎えに」と一尺法師は答えました。「千草姫《ちぐさひめ》のお使いで、お城のうしろの森の中まで、まあずまずいらせられ」

そう言ったまま森の精は、向こうをむいて歩き出しました。王子は非常に喜ばれて、その後についで行かれました。城の裏門の所まで参《まい》りますと、門がすうっと一人で開きました。森の精と王子とがそこを出ると、門はまた元の通り音もなく閉じてしまいました。

城のすぐうしろには、白樫《しらがし》の森と言われている大きな森がありました。森の精はその中にまっ直《す》ぐにはいってゆきました。王子も黙ってついて行かれました。ところが森の中程《なかほど》に来ると、ふいに森の精の姿が見えなくなりました。王子はびっくりしてあたりを見廻されますとすぐ前に森の中に広い空地《あきち》が開けていまして、青々とした芝が一面に生えており、その中にいろいろな花が咲いていました。芝地《しばち》のまん中には、赤や黄や白の薄い絹《きぬ》の衣《ころも》を着、百合《ゆり》の花の冠《かんむり》をかぶった、一人の女が立っていました。そして王子を見て、微笑《ほほえ》んで手招きしました。それを見ると王子は、何だか亡くなられたお母様を見るような気がして、恐《おそ》れ気《げ》もなくその側に寄ってゆかれました。

「まあよく来られました」とその女は言いました。「私は千草姫《ちぐさひめ》と申すこの森の女王でございます。今おもしろいことをご覧《らん》に入れましょう」

そして千草姫は、声を高めて言いました。

「王子様のもてなしに、みんな出て来て踊っておくれ」

すると、どこからともなく芝地の上に、さっきのような森の精が一人飛び出してきました。薔薇《ばら》の花を一つ頭にかぶっていました。そして次のように歌いながら、くるりと廻りました。

ひいとつ　ひとつ
くるりと廻って、まーた出ろ。

すると、菊《きく》の花をつけた森の精が出て来ました。それから二人でまた歌って踊りました。
ふうたつ、ふたつ、
くるくる廻って、まーた出ろ。
牡丹《ぼたん》の花をつけた森の精が出て来ました。
みいっつ、みっつ、
くるくる、くーるり、まーた出ろ。
梅《うめ》の花をつけた森の精が出て来ました。
よーっつ、よっつ、
くるくる、くるくる、まーた出ろ。
桜《さくら》の花をつけた森の精が出て来ました。
いーつつ、いつつ、
いっしょにみんな、とんで出ろ。
王子様のもてなしに、
わあそび、こそび、
くるりと廻って、くるくるり。
すると、眼の前の芝地《しばち》は森の精でいっぱいになりました。みんな頭には、いろんな草や木の花を一つずつつけていました。そして手をつないで、円《まる》く輪になっておもしろい唄を歌いながら踊りました。

王子はそれを見て、夢のような心地《ここち》になられました。森の精の踊りはいつまでも続きました。いくら続いても飽《あ》きないほどのおもしろい踊りでありました。

「お時間じゃ、お時間じゃ。御殿《ごてん》のしまるお時間じゃ」と、どこからかふいに声がしました。すると今まで踊っていた森の精達が、一度に高く飛び上がったかと思うと、地面に落ちつく時にはもう姿がなくなっていました。

王子はびっくりして、あたりを見廻されますと、千草姫《ちぐさひめ》はやはり微笑《ほほえ》んだまま立っていました。そして王子に言いました。

「もう遅くなりますから、今晩はこれきりにいたしましょう。またお迎えをあげますから、その時に来て下さいませ」

二

王子はもっとそこにいたく思われましたが、姫からそう言われて仕方なしに帰られました。いつのまにか、矢車草《やぐるまそう》の花をつけた森の精が出て来て、王子を城の庭まで送って来ました。

それから王子は、月のある晩はたいてい白樫《しらがし》の森の中に行って、森の精達と遊ばれました。その上千草姫からいろんなことを教えられました。森の精達は、もとは野原に住んでいる野の精でありましたが、野原が開かれてたんぼにされてしまいましたので、今では森の中に隠れてしまって、森の精となったのでした。そして千草姫は、新しい森の精と元からの森の精との女王となっているのでした。それで姫は元の野原のことも、今のたんぼのことも、前からすっかり知っていました。今年の夏にはひでりがあるとか、秋には洪水《こうずい》があるとか、そういうことを前から言いあてました。王子はそれを聞かれると、いちいち父の国王に申し上げました。国王は笑われましたが、王子があまり何度も申されますので、おしまいには試《こころ》みにその用心をされました。

夏にひでりがしましても、山奥の泉から水が引いてありましたので、百姓達は少しも困りませんでした。秋のはじめに洪水《こうずい》が出ましても、前から川の堤《つつみ》が高く築かれていましたので、少しも田畑を荒しませんでした。そして王子の言葉がいちいち当たるので、王様はじめ御殿《ごてん》中の者は皆、大変に驚きました。いつとはなく、「王子は神様の生まれ変わりだ」という評判が国中に広まりました。王様はどうして先のことを知ることが出来るのか、いろいろ王子にたずねられましたが、王子は千草姫《ちぐさひめ》から堅く口止めをされていましたので、何とも答えられませんでした。そして遂には王様まで、自分の子は神の生まれ変わりではないかと思われるようになりました。

けれど、王子にも、ただ一つ自分の思うようにならないことがありました。それは毎晩月を出すことが出来ないことでありました。月が輝いた晩でなければ、千草姫は迎えにきてくれませんでした。

宵《よい》に月が出る時は、いつも矢車草《やぐるまそう》の森の精が御殿の庭まで迎えに来てくれました。王子は千草姫の所に行って、御殿の戸がしまる十時少し前に帰って来られました。

ところがある晩、いつものように白樫《しらがし》の森の中の芝地《しばち》へ王子が行かれますと、千草姫は非常に悲しそうな顔をして立っていました。またその晩は、森の精さえ一つも出て来ませんでした。王子は何となく胸をどきどきさせながら、姫にたずねられました。

「今晩はどうなされたのです」

「今に悲しいことが起こって参《まい》ります」と千草姫は答えました。王子はいろいろたずねられましたが、千草姫はどうしてもわけを言いませんでした。ただ「今にわかります」と答えるきりでした。

王子と千草姫《ちぐさひめ》とは黙って芝地《しばち》の上に坐っていました。月の光りが一面に落ちて来て、草の葉や花びらや木の葉をきらきらと輝かしていました。やがて千草姫はほっと溜息《ためいき》をついて言いました。

「もうお目にかかれないかも知れません」

それをきくと、王子は急に悲しくなりました。

「お時間じゃ、お時間じゃ、御殿《ごてん》のしまるお時間じゃ」と、うしろで歌う声が聞こえました。

見ると、いつのまにか矢車草《やぐるまそう》の森の精がうしろに立っていました。それでも王子は帰ろうとされませんでした。けれど千草姫は、むりに王子を慰《なぐさ》めて帰らせました。

王子にはどうしても、千草姫に逢えないというわけがわかりませんでした。そして「千草姫は自分の亡くなったお母様ではないかしら」と、ふと思われました。それで、たずねてみようと思ってふり返られると、もう千草姫はそこにいませんでした。

王子は御殿の庭に立ったまま、も一度千草姫に逢わなければならないと決心されました。

三

それから王子は、月のある晩はいつも庭に出て、森の精を待たれました。けれど森の精は一向《いっこう》迎えに来てくれませんでした。王子は悲しそうにお城の裏門の方を眺められました。その鉄の戸は厳しく閉め切ってありまして、いくら王子の身でも、それを夜分《やぶん》に開かせることは出来ませんでした。

王子はいろいろ思い廻された上、遂にお守役《もりやく》の老女《ろうじょ》にわけを話して、白樫《しらがし》の森に行けるような手段《てだて》を相談されました。老女は大層《たいそう》王子に同情しまして、いいことを一つ考えてくれました。

ある日王様が庭を散歩していられます所へ、王子と老女とが出て参《まい》りました。老女はこう王様に申し上げました。

「このお庭は、月夜の晩はそれはきれいでございますけれど、あまり淋しすぎます。お月見の時に一晩だけお城の門をすっかり開いて、城下の人達を自由にはいらせて、皆で踊らせたらどんなにかおもしろいことでございましょう」

王子も傍《そば》から申されました。

「それはおもしろい。お父様、そういたそうではございませんか」

二人がしきりにすすめますものですから、王様も承知なさいました。そしてすぐに、その用意を家来《けらい》に言い付けられました。

その晩は大変な騒ぎでありました。王様は櫓《やぐら》に上がって、大勢《おおぜい》の家来達と酒宴《しゅえん》をなされました。お城の門は表も裏もすっかり開け放されて、城下の人達が大勢はいって来ました。皆美しく着飾《きかざ》って、お城の庭で踊りを致しました。方々でいろいろな音楽も奏《そう》されました。晴れた空には月が澄みきっていました。燈火《あかり》は一切ともすことが許されませんでした。お城全体が、月の光りと音楽と踊りといい香《にお》いとで湧《わ》き返るようでした。

王子はお守役の老女と二人で、そっと裏門から忍び出られました。そして老女を白樫《しろかし》の森の入口に待たせて、自分一人森の中にはいってゆかれました。

ところが例の空地《あきち》の所まで行かれましても、誰も出て来ませんでした。

あたりはしいんとして、高い木の梢《こずえ》から月の光りが滴《したた》り落ちているきりでした。お城の中の賑《にぎ》やかな騒ぎが、遠くかすかにどよめいていました。

王子は長い間待っていられました。眼に涙をためて、「千草姫《ちぐさひめ》、私です！」とも叫ばれました。けれども姫も森の精も姿さえ見せませんでした。

とうとう王子は涙を拭《ふ》きながら、思い諦めて戻ってゆかれました。森の入口で待っていた老女が何かたずねても、王子はただ悲しそうに頭を振られるのみでした。

王子は考えられました。なぜ千草姫は出て来てくれないのであろう。悲しいことが起こると言われたがそれはどんなことだろう。姫は亡くなられたお母様のような気がするが、ほんとにそうだろうか。なぜ私に何にも教えてはくれないのかしら。

そのうちに、悲しいことというのが実際に起こって来ました。城下のある金持が、白樫《しらがし》の森の木をすっかり切り倒して材木にし、その跡を畑にしてしまうというのです。城下にはだんだん人がふえてきまして、新たに家を建てる材木がたくさんいりますし、五穀《ごこく》を作る田畑もたくさんいるようになったのです。誰も反対する者がなかったので、王様も金持の願いを許されました。

王子はそれを聞かれて非常にびっくりされ、いろいろ王様に願われましたが、もう許してしまったことだからといって、王様は聞き入れられませんでした。

王子は悲しくて悲しくて、毎日ふさいでばかりいられました。けれどもそんなことには頓着《とんちゃく》なく、白樫の森は一日一日と無くなってゆきました。

ただ不思議なことには、森の大きな木が切り倒される度《たび》に、いろんな声がどこからともなく響きました。――鳥、鳥、赤い色――鳥、鳥、青い色――鳥、鳥、紫――鳥、鳥、緑色――鳥、鳥、白い色……そしてその度ごとに、赤や青や紫や白や黒や黄やその他いろんな色の鳥が、森から飛んで逃げました。王子は森の側に立って、鳥の飛んでゆく方を悲しそうに眺められました。

けれども、きこり共にはそれらの声が少しも聞こえませんでしたし、また彼等は、いろんな色の鳥を見ても別に怪しみもしませんでした。森の木はずんずんなくなってゆきました。

いよいよ、森の奥の空地《あきち》の近くまで木がなくなった時、王子はもうじっとしていることが出来なくなられました。その日の晩は、ちょうど満月で、いつもより月の光りが美しく輝いていました。

王子は一人で、お城の裏門の所まで忍び寄られましたが、門は堅く閉め切ってありました。王子は、口惜《くや》し涙にくれて、誰か門を開いてくれるまでは、夜通しでもそこを動くまいと、強い決心をなされました。

その時、不思議にも、門の戸がすうっと独《ひと》りでに開きました。王子は夢のような心地《ここち》で、そこから飛び出してゆかれました。

四

木が無くなった森の跡は、ちょうど墓場《はかば》のようでした。大きな木の切株《きりかぶ》は、石塔《せきとう》のように見えました。王子はその中を飛んでゆかれました。まだ木立《こだち》が残ってる奥の方の空地の所まで来て、王子はほっと立ち止まられました。見るとそこには誰もいませんでした。「千草姫《ちぐさひめ》！」と王子は叫ばれました。何の答えもありませんでした。

しばらくすると、王子のすぐ側でやさしい声が響きました。

「王子様！」

王子はびっくりされて、今まで垂れていた頭を上げて見られると、そこに千草姫《ちぐさひめ》が立っていました。王子はいきなり姫にすがりつかれました。

「よく来て下さいました。とうとうお別れの時が参《まい》りました」と姫は言いました。

王子は嬉しいやら悲しいやらで、口も利《き》けないほどでありましたが、しばらくすると、いろいろなことを一緒に言ってしまわれました。

「なぜお別れしなければならないのですか。なぜ私をちっとも迎えに来て下さらなかったのですか。お月見の晩にここに来ましたのに、なぜ逢って下さらなかったのですか。あなたは亡くなられたお母様ではありませんか。言って下さい。私に聞かして下さい。私はもう側を離れません。お城の中にも帰りません」

千草姫は何とも答えませんでした。そして王子の手を取ったまま、芝生《しばふ》の上に坐りました。

「私はあなたのお母様ではありません。けれど私を母のように思われるのは、悪いことではありりません。私達は、あらゆるものを生み出す大地の精なのですから。ただ悲しいことには、いつかは私達の住む場所がなくなってしまうような時が参《まい》るでしょう。私達は別にそれを怨《うら》めしくは思いませんが、このままで行きますと、かわいそうに、あなた方人間は一人ぽっちになってしまいますでしょう」

王子はその言葉を聞かれると、何故《なぜ》ともなく非常に淋しく悲しくなられました。そして二人は長い間黙ったまま、悲しい思いに沈んでいました。月がだんだん昇ってきて、ちょうど真上になりました。

その時、千草姫《ちぐさひめ》はふと頭を上げて月を見ました。「もうお別れする時が参《まい》りました。これを記念にさし上げますから、私と思って下さいまし」

そう言って、千草姫は片方の腕輪《うでわ》を外《はず》して王子に与えました。

その時、どこからともなくいろんな色の小鳥が出て来て、千草姫のまわりを飛び廻りました。王子はびっくりしてその小鳥を眺められました。

「これでお別れいたします」

そういう声がしましたので、王子はふり返って見られると、もう千草姫の姿は見えないで、そこにまっ黒な大きい鳥がいました。くちばしに千草姫の片方の腕輪をくわえて、羽は皆百合《ゆり》の花びらの形をしていました。

その鳥は王子の方へ一つ頭を下げたかと思うと、もう翼を広げて飛び上がりました。王子は一生懸命にその尾《お》にすがりつかれますと、尾だけがぬけ落ちて王子の手に残りました。あたりの小鳥は悲しい声で鳴き立てましたが、もう森の精ではなくて鳥になっていますので、その意味は王子にわかりませんでした。

王子はぼんやり立っていられますと、どこからか矢車草《やぐるまそう》の花をつけた森の精が出て来まして、腕輪と黒い鳥の尾とを手にしていられる王子を、お城の中へ送り返してくれました。

その後、白樫《しらがし》の森はすっかり切り倒されて畑になり、城下には立派な町が出来ました。けれどもどうしたことか、月が毎晩曇《くも》って少しも晴れませんでした。そして次のような唄が、城下の子供達の間にはやり出しました。

お月様の中で、
尾《お》のない鳥が、
金の輪をくうわえて、
お、お、落ちますよ、
お、お、あぶないよ。

月の光りが少しもさしませんので、国中の田畑の物はよく成長しませんでした。草木が大きくなるには露と月の光りとが大切なのです。国中は貧乏になり、人々は陰気《いんき》になりました。それで王様も非常に困られて、位《くらい》を王子に譲《ゆず》られました。
王子は、白樫《しらがし》の森の跡に、木を植えさして小さな森を作られ、その中に宮を建てて、千草姫《ちぐさひめ》からもらった腕輪と鳥の尾とを祭られました。それからは急に月が晴れ、五穀《ごこく》がよく実り、国中の者が喜び楽しみました。そして満月の度ごとに、お城の門をすっかり開いて城下の者も呼び入れ、月見の会が催《もよお》されました。

今でもその神社と森とは残っています。森の中にはいろんな色の小鳥がたくさん住んでいます。これは神社の前で小鳥の餌《え》を売ってる婆さんの話です。婆さんはその話をすると、いつもおしまいには小さな声で「お月様の唄」を歌ってきかせてくれます。

蒼白い月

徳田秋声

ある晩私は桂三郎といっしょに、その海岸の山の手の方を少し散歩してみた。

そこは大阪と神戸とのあいだにある美しい海岸の別荘地で、白砂青松といった明るい新開の別荘地であった。私はしばらく大阪の町の煤煙《ばいえん》を浴びつつ、落ち着きのない日を送っていたが、京都を初めとして附近の名勝で、かねがね行ってみたいと思っていた場所を三四箇所見舞って、どこでも期待したほどの興趣の得られなかったのに、気持を悪くしていた。古い都の京では、嵐山《あらしやま》や東山《ひがしやま》などを歩いてみたが、以前に遊んだときほどの感興も得られなかった。生活のまったく絶息してしまったようなこの古い鄙《ひな》びた小さな都会では、干《ひ》からびたような感じのする料理を食べたり、あまりにも自分の心胸と隔絶した、朗らかに柔らかい懈《だる》い薄っぺらな自然にひどく失望してしまったし、すべてが見せもの式になってしまっている奈良にも、関西の厭な名所臭の鼻を衝《つ》くのを感じただけであった。私がもし古美術の研究家というような道楽をでももっていたら、煩《うるさ》いほど残存している寺々の建築や、そこにしまわれてある絵画や彫刻によって、どれだけ慰められ、得をしたかしれなかったが――もちろん私もそういう趣味はないことはないので、それらの宝蔵を瞥見《べっけん》しただけでも、多少のありがた味を感じないわけにはいかなかったが、それも今の私の気分とはだいぶ距離のあるものであった。ただ宇治川の流れと、だらだらした山の新緑が、幾分私の胸にぴったりくるような悦びを感じた。

大阪の町でも、私は最初来たときの驚異が、しばらく見ている間に、いつとなしにしだいに裏切られてゆくのを感じた。経済的には膨脹《ぼうちょう》していても、真の生活意識はここでは、京都の固定的なそれとはまた異った意味で、頽廃《たいはい》しつつあるのではないかとさえ疑われた。何事もすべて小器用にやすやすとし遂げられているこの商工業の都会では、精神的には衰退しつつあるのでなければ幸いだというような気がした。街路は整頓され、洋風の建築は起こされ、郊外は四方に発展して、いたるところの山裾《やますそ》と海辺に、瀟洒《しょうしゃ》な別荘や住宅が新緑の木立のなかに見出《みいだ》された。私はまた洗練された、しかしどれもこれも単純な味しかもたない料理をしばしば食べた。豪華な昔しの面影を止《とど》めた古いこの土地の伝統的な声曲をも聞いた。ちょっと見には美しい女たちの服装などにも目をつけた。

この海岸も、煤煙の都が必然展《ひら》けてゆかなければならぬ郊外の住宅地もしくは別荘地の一つであった。北方の大阪から神戸兵庫を経て、須磨《すま》の海岸あたりにまで延長していっている阪神の市民に、温和で健やかな空気と、青々した山や海の眺めと、新鮮な食料とで、彼らの休息と慰安を与える新しい住宅地の一つであった。

桂三郎は、私の兄の養子であったが、三四年健康がすぐれないので、勤めていた会社を退いて、若い細君とともにここに静養していることは、彼らとは思いのほか疎々《うとうと》しくなっている私の耳にも入っていたが、今は健康も恢復《かいふく》して、春ごろからまた毎日大阪の方へ通勤しているのであった。彼の仕事はかなり閑散であった。

どこを見ても白チョークでも塗ったような静かな道を、私は莨《たばこ》をふかしながら、かなり歯の低くなった日和下駄《ひより》をはいて、彼と並んでこつこつ歩いた。そこは床屋とか洗濯屋とかパン屋とか雑貨店などのある町筋であった。中には宏大な門構えの屋敷も目についた。はるか上にある六甲《ろっこう》つづきの山の姿が、ぼんやり曇《うる》んだ空に透けてみえた。

「ここは山の手ですか」私は話題がないので、そんなことを訊いてみた。もちろん私一箇としては話題がありあまるほどたくさんあった。二人の生活の交渉点《こうしょうてん》へ触れてゆく日になれば、語りたいことや訊きたいことがたくさんあった。三十年以前に死んだ父の末子であった私は、大阪にいる長兄の愛撫《あいぶ》で人となったようなものであった。もちろん年齢にも相当の距離があったとおりに、感情も兄というよりか父といった方が適切なほど、私はこの兄にとって我儘《わがまま》な一箇の驕慢児《きょうまんじ》であることを許されていた。そして母の生家を継ぐのが適当と認められていた私は、どうかすると、兄の後を継ぐべき運命をもっているような暗示を、兄から与えられていた。もちろん私自身はそれらのことに深い考慮を費やす必要を感じなかった。私は私であればそれでいいと思っていた。私の子供たちはまた彼ら自身であればいいわけであった。そして若い時から兄夫婦に育てられていた義姉(兄の妻)の姪《めい》に桂三郎という養子を迎えたからという断わりのあったときにも、私は別に何らの不満を感じなかった。義姉自身の意志が多くそれに働いていたということは、多少不快に思われないことはないにしても、義姉自身の立場からいえば、それは当然すぎるほど当然のことであった。ただ私の父の血が絶えるということが私自身にはどうでもいいことであるにしても、私たちの家にとって幾分寂しいような気がするだけであった。もちろんその寂しい感じには、父や兄に対する私の渝《か》わることのできない純真な敬愛の情をも含めないわけにはいかなかった。それは単純な利害の問題ではなかった。私が父や兄に対する敬愛の思念が深ければ深いほど、自分の力をもって、少しでも彼らを輝かすことができれば私は何をおいても権利というよりは義務を感じずにはいられないはずであった。

しかしそのことはもう取り決められてしまった。桂三郎と妻の雪江との間には、次ぎ次ぎに二人の立派な男の子さえ産まれていた。そして兄たち夫婦の撫育《ぶいく》のもとに、五つと三つになっていた。兄たち夫婦は、その孫たちの愛と、若夫婦のために、くっくと働いているようなものであった。

もちろん老夫婦と若夫婦は、ひととおりは幸福であった。桂三郎は実子より以上にも、兄たち夫婦に愛せられていた。兄には多少の不満もあったが、それは親の愛情から出た温かい深い配慮から出たものであった。義姉はというと、彼女は口を極めて桂三郎を賞めていた。で、また彼女の称讃に値いするだけのいい素質を彼がもっていることも事実であった。

とにかく彼らは幸福であった。雪江が私の机の側へ来て、雑誌などを読んでいるときに、それとなく話しかける口吻《こうふん》によってみると、彼女には幾分の悶《もだ》えがないわけにはいかなかった。学校を出てから、東京へ出て、時代の新しい空気に触れることを希望していながら、固定的な義姉（彼女の養母で叔母）の愛に囚《とら》われて、今のような家庭の主婦となったことについては、彼女自身ははっきり意識していないにしても、私の感じえたところから言えば、多少枉屈的《おうくつてき》な運命の悲哀がないことはなかった。彼女はその真実の父母の家にあれば、もっと幸福な運命を掴みえたかもしれないのであった。気の弱い彼女は、すべて古めかしい叔母の意思どおりにならせられてきた。

「私の学校友だちは、みんないいところへ片づいていやはります」彼女はそんなことを考えながらも、叔母が択《えら》んでくれた自分の運命に、心から満足しようとしているらしかった。

「ここの経済は、それでもこのごろは桂さんの収入でやっていけるのかね」私はきいた。

「まあそうや」雪江は口のうちで答えていた。

「お父さんを楽させてあげんならんのやけれどな、そこまではいきませんのや」彼女はまた寂しい表情をした。

「どのくらい収入があるのかね」

「いくらもありゃしませんけれどな、お金なぞたんと要らん思う。私はこれで幸福《しあわせ》や」そう言って微笑していた。

もっと快活な女であったように、私は想像していた。もちろん憂鬱《ゆううつ》ではなかったけれど、若い女のもっている自由な感情は、いくらか虐《しいた》げられているらしく見えた。妊娠という生理的の原因もあったかもしれなかった。

桂三郎は静かな落ち着いた青年であった。その気質にはかなり意地の強いところもあるらしく見えたが、それも相互にまだ深い親しみのない私に対する一種の見えと羞恥とから来ているものらしく思われた。彼は眉目形《みめかたち》の美しい男だという評判を、私は東京で時々耳にしていた。雪江は深い愛着を彼にもっていた。

私はこの海辺の町についての桂三郎の説明を聞きつつも、六甲おろしの寒い夜風を幾分気にしながら歩いていた。

「いいえ、ここはまだ山手というほどではありません」桂三郎はのっしりのっしりした持前の口調で私の問いに答えた。

「これからあなた、山手まではずいぶん距離があります」

広い寂しい道路へ私たちは出ていた。松原を切り拓《ひら》いた立派な道路であった。

「立派な道路ですな」

「それああなた、道路はもう、町を形づくるに何よりも大切な問題ですがな」彼はちょっと嵩《かさ》にかかるような口調で応えた。

「もっともこの砂礫《じゃり》じゃ、作物はだめだからね」

「いいえ、作物もようできますぜ。これからあんた先へ行くと、畑地がたくさんありますがな」

「この辺の土地はなかなか高いだろう」

「なかなか高いです」

道路の側の崖《がけ》のうえに、黝《くろ》ずんだ松で押し包んだような新築の家がいたるところに、ちらほら見えた。塀や門構えは、関西特有の瀟洒《しょうしゃ》なものばかりであった。

「こちらへ行ってみましょう」桂三郎は暗い松原蔭の道へと入っていった。そしてそこにも、まだ木香《きが》のするような借家などが、次ぎ次ぎにお茶屋か何かのような意気造りな門に、電燈を掲げていた。

私たちは白い河原のほとりへ出てきた。そこからは青い松原をすかして、二三分ごとに出てゆく電車が、美しい電燈に飾られて、間断なしに通ってゆくのが望まれた。

「ここの村長は——今は替わりましたけれど、先の人がいろいろこの村のために計画して、広い道路をいたるところに作ったり、堤防を築いたり、土地を売って村を富ましたりしたものです。で、計画はなかなか大仕掛けなのです。叔父さんもひと夏子供さんをおつれになって、ここで過ごされたらどうです。それや体にはいいですよ」

「そうね、来てみれば来たいような気もするね。ただあまり広すぎて、取り止めがないじゃないか」

「それああなた、まだ家が建てこまんからそうですけれど……」

「何にしろ広い土地が、まだいたるところにたくさんあるんだね。もちろん東京とちがって、大阪は町がぎっしりだからね。その割にしては郊外の発展はまだ遅々としているよ」

「それああなた、人口が少ないですがな」

「しかし少し癪にさわるね。そうは思わんかね」などと私は笑った。

「初めここへ来たころは、私もそうでした。みんな広大な土地をそれからそれへと買い取って、立派な家を建てますからな。けれど、このごろは何とも思いません。そうやきもきしてもしかたがありませんよって。私たちは今基礎工事中です。金をちびちびためようとは思いません。できるのは一時です」彼はいくらか興奮したような声で言った。

私たちは河原ぞいの道路をあるいていた。河原も道路も蒼白い月影を浴びて、真白に輝いていた。対岸の黒い松原蔭に、灯影がちらほら見えた。道路の傍には松の生《お》い茂った崖が際限もなく続いていた。そしてその裾に深い叢《くさむら》があった。月見草がさいていた。

「これから夏になると、それあ月がいいですぜ」桂三郎はそう言って叢のなかへ入って跪坐《しゃが》んだ。で、私も青草の中へ踏みこんで、株に腰をおろした。淡い月影が、白々と二人の額を照していた。どこにも人影がみえなかった。対岸のどの家もしんとしていた。犬の声さえ聞こえなかった。もちろん涸《か》れた川には流れの音のあるはずもなかった。

「わたしはこの草の中から、月を見ているのが好きですよ」彼は彼自身のもっている唯一の詩的興趣を披瀝《ひれき》するように言った。

「もっと暑くなると、この草が長く伸びましょう。その中に寝転《ねころ》んで、草の間から月を見ていると、それあいい気持ですぜ」

　私は何かしら寂しい物足りなさを感じながら、何か詩歌《しいか》の話でもしかけようかと思ったが、差し控えていた。のみならず、実行上のことにおいても、彼はあまり単純であるように思われた。自分の仕えている主人と現在の職業のほかに、自分の境地を拓《ひら》いてゆくべき欲求も苦悶もなさすぎるようにさえ感ぜられた。兄の話では、今の仕事が大望のある青年としてはそう有望のものではけっしてないのだとのことであった。で、私がこのごろ二十五六年ぶりで大阪で逢った同窓で、ある大きなロシヤ貿易の商会主であるY氏に、一度桂三郎を紹介してくれろというのが、兄の希望であった。私は大阪でY氏と他の五六の学校時代の友人とに招かれて、親しく談話を交えたばかりであった。彼らは皆なこの土地において、有数な地位を占めている人たちであった。中には三十年ぶりに逢う顕官もあった。

　私はY氏に桂三郎を紹介することを、兄に約しておいたが、桂三郎自身の口から、その問題は一度も出なかった。彼が私の力を仮りることを屑《いさぎ》よしとしていないのでないとすれば、そうたいした学校を出ていない自分を卑下しているか、さもなければその仕事に興味をもたないのであろうと考えられた。私には判断がつきかねた。

「雪江はどうです」私はそんなことを訊ねてみた。

「雪江ですか」彼は微笑をたたえたらしかった。

「気立のいい女のようだが……」

「それあそうですが、しかしあれでもそういいとこばかりでもありませんね」

「何かいけないところがある？」

「いいえ、別にいけないということもありませんが……」と、彼はそれをどういうふうに言い現わしていいか解らないという調子であった。

が、とにかく彼らは条件なしの幸福児《しあわせもの》ということはできないのかもしれなかった。

私は軽い焦燥を感じたが、同時に雪江に対する憐愍《れんびん》を感じないわけにはいかなかった。

「雪江さんも可哀そうだと思うね。どうかまあよくしてやってもらわなければ。もちろん財産もないので、これからはあなたも骨がおれるかもしれないけれど」私は言った。

「それあもう何です……」彼は草の葉をむしっていた。

話題が少し切迫してきたので、二人は深い触れ合いを避けでもするように、ふと身を起こした。

「海岸へ出てみましょうか」桂三郎は言った。

「そうだね」私は応えた。

ひろびろとした道路が、そこにも開けていた。

「ここはこの間釣りに来たところと、また違うね」私は浜辺へ来たときあたりを見まわしながら言った。

沼地などの多い、土地の低い部分を埋めるために、その辺一帯の砂がところどころ剔《えぐ》り取られてあった。砂の崖がいたるところにできていた。釣に来たときよりは、浪がやや荒かった。

「この辺でも海の荒れることがあるのかね」

「それあありますとも。年に決まって一回か二回はね。そしてその時に、剔り取られたこの砂地が均《なら》されるのです」

海岸には、人の影が少しは見えた。

「叔父さんは海は嫌いですか」

「いや、そうでもない。以前は山の方がよかったけれども、今は海が暢気《のんき》でいい。だがあまり荒い浪は嫌いだね」

「そうですか。私は海辺に育ちましたから浪を見るのが大好きですよ。海が荒れると、見にくるのが楽しみです」

「あすこが大阪かね」私は左手の漂渺《ひょうびょう》とした水霧《すいむ》の果てに、虫のように簇《むらが》ってみえる微かな明りを指しながら言った。

「ちがいますがな。大阪はもっともっと先に、微かに火のちらちらしている他《あれ》ですがな」そう言って彼はまた右手の方を指しながら、

「あれが和田岬《わだみさき》です」

「尼《あま》ヶ崎《さき》から、あすこへ軍兵の押し寄せてくるのが見えるかしら」私は尼ヶ崎の段を思いだしながら言った。

「あれが淡路《あわじ》ですぜ。よくは見えませんでしょうがね」

私は十八年も前に、この温和な海を渡って、九州の温泉へ行ったときのことを思いだした。私は何かにつけてケアレスな青年であったから、そのころのことは主要な印象のほかは、すべて煙のごとく忘れてしまったけれど、その小さい航海のことは唯今のことのように思われていた。その時分私は放縦《ほうしょう》な浪費ずきなやくざもののように、義姉に思われていた。

私はどこへ行っても寂しかった。そして病後の体を抱いて、この辺をむだに放浪していた、そのころの痩せこけた寂しい姿が痛ましく目に浮かんできた。今の桂三郎のような温良な気分は、どこにも見出せなかった。彼のような幸福な人間では、けっしてなかった。

私はその温泉場で長いあいだ世話になっていた人たちのことを想い起こした。

「おきぬさんも、今ならどんなにでもして、あげるよって芳ちゃんにそう言うてあげておくれやすと、そないに言うてやった。一度行ってみてはどうや」義姉はこの間もそんなことを言った。

私はそのおきぬさんの家の庭の泉石を隔てたお亭《ちん》のなかに暮らしていたのであった。私は何だかその土地が懐かしくなってきた。

「せめて須磨明石《すまあかし》まで行ってみるかな」私は呟《つぶや》いた。

「は、叔父さんがお仕事がおすみでしたら……」桂三郎は応えた。

私たちは月見草などの蓬々《ぼうぼう》と浜風に吹かれている砂丘から砂丘を越えて、帰路についた。六甲の山が、青く目の前に聳《そび》えていた。


雪江との約束を果たすべく、私は一日須磨明石の方へ遊びにいった。もちろんこの辺の名所にはすべて厭な臭味がついているようで、それ以上見たいとは思わなかったし、妻や子供たちの病後も気にかかっていたので、帰りが急がれてはいたが……。

で、わたしは気忙《きぜわ》しい思いで、朝早く停留所へ行った。

その日も桂三郎は大阪の方へ出勤するはずであったが、私は彼をも誘った。

「二人いっしょでなくちゃ困るぜ。桂さんもぜひおいで」私は言った。

「じゃ私も行きます」桂三郎も素直に応じた。

「だが会社の方へ悪いようだったら」

「それは叔父さん、いいんです」

私は支度を急がせた。

雪江は鏡台に向かって顔を作っていたが、やがて派手な晴衣を引っぴろげたまま、隣の家へ留守を頼みに行ったりした。ちょうど女中が見つかったところだったが、まだ来ていなかった。

「叔父さんのお蔭で、二人いっしょに遊びに出られますのえ。今日が新婚旅行のようなもんだっせ」

雪江はいそいそしながら、帯をしめていた。顔にはほんのり白粉《おしろい》がはかれてあった。

「ほう、綺麗《きれい》になったね」私はからかった。

「そんな着物はいっこう似あわん」桂三郎はちょっと顔を紅くしながら呟いた。

「いくらおめかしをしてもあかん体や」彼はそうも言った。

私たちはすぐに電車のなかにいた。そして少し話に耽っているうちに、神戸へ来ていた。山と海と迫《せま》ったところに細長く展《ひろ》がった神戸の町を私はふたたび見た。二三日前に私はここに旧友をたずねて互いに健康を祝しあいながら町を歩いたのであった。

終点へ来たとき、私たちは別の電車を取るべく停留所へ入った。

「神戸は汚《きたな》い町や」雪江は呟いていた。

「汚いことありゃしませんが」桂三郎は言った。

「神戸も初め?」私は雪江にきいた。

「そうですがな」雪江は暗い目をした。

私は女は誰もそうだという気がした。東京に子供たちを見ている妻も、やっぱりそうであった。

「今度来るとき、おばさんを連れておいんなはれ。おばさんが来られんようでしたら、秀夫さんをおよこしやす。どないにも私が面倒みてあげますよって」彼女はそんなことを言っていた。

「彼らは彼らで、大きくなったら好きなところへ行くだろうよ」

「それあそうや。私も東京へ一度行きます」

私たちはちょっとのことで、気分のまるで変わった電車のなかに並んで腰かけた。播州人《ばんしゅうじん》らしい乗客の顔を、私は眺めまわしていた。でも言葉は大阪と少しも変わりはなかった。山がだんだんなだらかになって、退屈そうな野や町が、私たちの目に懈《だる》く映った。といってどこに南国らしい森の鬱茂《うつも》も平野の展開も見られなかった。すべてがだらけきっているように見えた。私はこれらの自然から産みだされる人間や文化にさえ、疑いを抱かずにはいられないような気がした。温室に咲いた花のような美しさと脆《もろ》さとをもっているのは彼らではないかと思われた。

私たちは間もなく須磨の浜辺へおり立っていた。

「この辺は私もじつはあまり案内者の資格がないようです」桂三郎はそんなことを言いながら、渚《なぎさ》の方へ歩いていった。

美しい砂浜には、玉のような石が敷かれてあった。水がびちょびちょと、それらの小石や砂を洗っていた。青い羅衣《うすもの》をきたような淡路島が、間近に見えた。

「綺麗ですね」などと桂三郎は讃美の声をたてた。

「けどここはまだそんなに綺麗じゃないですよ。舞子が一番綺麗だそうです」

波に打上げられた海月魚《くらげ》が、硝子が熔けたように砂のうえに死んでいた。その下等動物を、私は初めて見た。その中には二三疋《びき》の小魚を食っているのもあった。

「そら叔父さん綸《いと》が……」雪江は私に注意した。釣をする人たちによって置かれた綸であった。松原が浜の突角に蒼く煙ってみえた。昔しの歌にあるような長閑《のどか》さと麗《うらら》かさがあった。だがそれはそうたいした美しさでもなかった。その上防波堤へ上がって、砂ぶかい汽車や電車の軌道ぞいの往来へあがってみると、高台の方には、単調な松原のなかに、別荘や病院のあるのが目につくだけで、鉄拐《てっかい》ヶ峰や一の谷もつまらなかった。私は風光の生彩をおびた東海の浜を思いださずにはいられなかった。すべてが頽廃《たいはい》の色を帯びていた。

私たちはまた電車で舞子の浜まで行ってみた。

ここの浜も美しかったが、降りてみるほどのことはなかった。

「せっかく来たのやよって、淡路へ渡ってみるといいのや」雪江はパラソルに日をさえながら、飽かず煙波にかすんでみえる島影を眺めていた。

時間や何かのことが、三人のあいだに評議された。

「とにかく肚《はら》がすいた。何か食べようよ」私はこの辺で漁《と》れる鯛《たい》のうまさなどを想像しながら言った。

私たちは松の老木が枝を蔓《はびこ》らせている遊園地を、そこここ捜してあるいた。そしてついに大きな家の一つの門をくぐって入っていった。昔しからの古い格を崩さないというような矜《ほこ》りをもっているらしい、もの堅いその家の二階の一室へ、私たちはやがて案内された。

「ここは顕官の泊るところです。有名な家です」桂三郎は縁側の手摺《てすり》にもたれながら言った。淡路がまるで盆石のように真面《まとも》に眺められた。裾の方にある人家の群れも仄《ほの》かに眺められた。平静な水のうえには、帆影が夢のように動いていた。モーターがひっきりなし明石の方へ漕いでいった。

「あれが漁場《りょうば》漁場へ寄って、魚を集めて阪神へ送るのです」桂三郎はそんな話をした。

やがて女中が高盃《たかつき》に菓子を盛って運んできた。私たちは長閑《のどか》な海を眺めながら、絵葉書などを書いた。

するうち料理が運ばれた。

「へえ、こんなところで天麩羅《てんぷら》を食うんだね」私はこてこて持ちだされた食物を見ながら言った。

「それああんた、あんたは天麩羅は東京ばかりだと思うておいでなさるからいけません」桂三郎は嗤《わら》った。

雪江はおいしそうに、静かに箸《はし》を動かしていた。

紅い血のしたたるような苺《いちご》が、終わりに運ばれた。私はそんな苺を味わったことがなかった。

私たちはそこを出てから、さらに明石の方へ向かったが、そこは前の二つに比べて一番汚なかった。淡路へわたる船を捜したけれど、なかった。私たちは明石の町をそっちこっち歩いた。

人丸山《ひとまるやま》で三人はしばらく憩《いこ》うた。

「あすこの御馳走が一番ようおましゃろ」雪江は言っていた。

私たちは海の色が夕気《ゆうけ》づくころに、停車場を捜しあてて汽車に乗った。海岸の家へ帰りついたのは、もう夜であった。

私はその晩、彼らの家を辞した。二人は乗場まで送ってきた。蒼白い月の下で、私は彼ら夫婦に別れた。白いこの海岸の町を、私はおそらくふたたび見舞うこともないであろう。

星の女

鈴木三重吉

一

姉妹《きやうだい》三人の星の女が、毎晩、美しい下界を見るたびに、あすこへ下りて見たいと言ひ〳〵してゐました。

三人は或《ある》晩、森のまん中に、すゐれんの一ぱいさいてゐる、きれいな泉があるのを見つけました。三人ともその水の中へつかつて見たいと思ひましたが、そこまで下りていく手だてがありません。三人は夜どほしその泉を見つめて、ためいきをついてゐました。

そのあくる晩も、三人はまたその泉ばかり見下《みおろ》してゐました。泉は、ゆうべよりも、なほ一そううつくしく見えました。

「あゝ下りていきたい。一どでいゝからあの泉であびて来たい。」と、一ばん上の姉が言ひました。下の二人も同じやうに下りたいと言ひました。

すると、高い山のま上を歩くのが大好きな、月の夫人がそれを聞いて、

「そんなにいきたければ、蜘蛛《くも》の王さまにそう言つて、蜘蛛の糸をつたはつて下《おろ》しておもらひなさい。」と言ひました。

蜘蛛の王さまは、いつものやうに、網の中にすわつて、耳をすましてゐました。星の女たちは、

その蜘蛛の王さまにたのみました。蜘蛛の王さまは、
「さあ〳〵、下りていらつしやい。私《わたし》の糸は空気のやうにかるいけれど、つよいことは鋼《はがね》と同じです。」
と言ひました。

三人はその糸につかまつて、一人づゝ、する〳〵と泉のそばへ下りて来ました。

泉の面には、月の光が一面にさして、すゐれんの花のなつかしい香《にほひ》がみなぎつてゐます。三人はきらびやかな星の着物をぬいで、そつと水の中へはいりました。

すが〳〵しい、冷たい水でした。三人はしづかにすゐれんの花をかきわけていきました。三人のはだには、水のしづくが真珠のやうにきら〳〵光りました。

と、その泉のぢきそばに、或《ある》若い猟人《かりうど》が寝てゐました。三人はそれとは気がつかないでにこ〳〵よろこんで水を浴びてゐました。うと〳〵寝てゐた猟人は、三人の天の女が、泉のすゐれんの花をゆるがせて、水の中を歩いてゐる夢を見て、ふと目をさましました。ひぢをたてゝ泉の面を見ますと、まつ青にさし《さを》てゐる月の光の中で、三人の美しい女が、たのしさうに水を浴びてゐます。

猟人はこつそりと、泉の岸をつたはつて、三人の着ものがぬいであるところへいきました。そして、その中の一ばんきれいな着ものを手に取つて見ました。それは、金と銀との糸でおつて、いろさま〳〵の宝石を使つて縫ひかざりをした、立派な着もので、左の胸のところには、心臓の形をした大きな赤い紅宝石《ルービー》が光つてゐました。

猟人は、その着物をかゝへて、もとのところへかへつて、かくれてゐました。

三人の星の女はそんなことは夢にもしらないで、永い間水をあびて楽しんでゐました。そのうちに、だん／＼と夜あけぢかくなりました。すると、蜘蛛の王さまが空の上から、

「もうおかへりなさい。お日さまがお出ましになると、お日さまのお馬が糸を足で踏み切ります。早く空へお上《あが》りなさい。」と言ひました。

星の女はそれを聞くと、いそいで岸へ上《あが》りました。二人の姉はすぐに着物を着て、目に見えぬ蜘蛛の糸の梯子《はしご》を上《のぼ》つて、大空へかへつていきました。

三人の中で一ばん美しい下の妹は、一しよにぬいでおいた着物がないのでびつくりしました。それがなければ空へかへることが出来ないので、一しようけんめいにあたりをさがしましたが、見つかりません。

そのうちに、お日さまがお出ましになりました。お日さまのお馬は、蜘蛛の糸を足でふみ切つてしまひました。

星の女はとはうにくれて、草の上にうつぶして泣いてゐました。さうすると森の鳥がおきて来て、

「あなたのうつくしいおめしものは、わかい猟人が取つていきました。その猟人は、あすこの木の下で、寝たふりをしてゐます。」

かう、さへづつて星の女にをしへました。星の女はそれを聞くと、すゐれんの花をつなぎ合せて

花の着物をこしらへて、それでからだをつゝんで、猟人のところへいきました。そして、「どうか私《わたし》の金と銀の着物をかへして下さい。そのかはりには、あなたのおのぞみになることは何でもしてあげます。」と、泣き〳〵たのみました。猟人は、

「私《わたし》は何にもほしくはない。あなたが私のお嫁になつてくれゝば何にもいらない。」と言ひました。

星の女は、着物をとり上げられては、もう下界をはなれる魔力もなくなつたので、しかたなしに猟人のお嫁になりました。

猟人は、星の女をだいじにかはいがりました。星の女の姿は、すゐれんの花のやうに美しく、その声は、どんな小鳥の声よりも、もつとやさしくひゞきました。

猟人は毎日猟に出て、食べものを取つて来ました。そして星の女に、その日のいろ〳〵の楽しいお話をしました。

しかし星の女は、さういふ中でも、大空のお家《うち》を忘れることが出来ませんでした。女は、月のでる晩には、一人ですゐれんの泉のそばに出て、大空を見ては泣きました。せめて二人の姉の星が、もう一ど下りて来てくれゝばいゝのにと思つて、待ちこがれてゐましたが、二人はだまつて青い目をまばたいてゐるきりで、毎晩蜘蛛の王さまが糸を下《おろ》しても、ちつとも下りて来ようとはしませんでした。

二

そのうちに、星の女には、つぎ〳〵に男の子が三人も生れました。星の女はその子たちが大きくなるのを、たゞ一つの楽しみにして暮しました。

そのつぎには、かはいらしい女の子が生れました。星の女には、その女の子がかはいくつて〳〵たまりませんでした。

或日《あるひ》猟人《かりうど》の生れた遠い町からはる〴〵使《つかひ》が来ました。猟人のお父さまが病気で死にかゝつてゐるといふ知らせです。猟人はびつくりして、

「私《わたし》はこれからすぐにいかなければならない。」と言ひました。星の女はそれを聞いて、

「でもその長い旅の途中で、わるい獣にお殺されになつたらどうなさいます。」と言つて泣きました。

猟人は星の女をなだめて、

「そんな心配はけつしてない。私《わたし》の父さまには私より外には子が一人もないのだから、どうしても私がいつて、やすらかに目を閉ぢさせて上げなければかはいさうだ。おとむらひをすませたら、すぐにかへつて来る。どうぞ子どもたちと一しよにまつてゐておくれ。七日たつたらかならずかへつて来る。」と言ひました。すると一ばん上の男の子が、

「私《わたし》は父さまと一しよにいつて、お祖父《ぢい》さまを見て来たい。」と言ひました。猟人は、

「お前はみんなと一しよに家《うち》にゐて、どろ坊の番をしておくれ。」と言ひました。男の子は、

「それでは、この森の先まで一しよにいつて、そこからかへつて来るの。そして、母さまと一しよにお家《うち》の番をするの。」と言ひました。猟人は、その子をつれて森のはづれまで来ますと、

「もうこゝからおかへり。これは家《うち》のお部屋中の鍵《かぎ》だから、おまへにあづけておく。」と言つて、鍵のたばをわたしました。そして、

「よく言つておくが、どんなことがあつても、二階の小さいお部屋へはいつてはいけないよ。そのお部屋の鍵穴にこの金の鍵がはまるのだが、あすこだけは、けつして開けてはいけないよ。」と、いくども言つて聞かせました。男の子は分つた〳〵と、うなづきました。猟人は、

「では、なんにもこはいことはないから、おとなしく待つてお出《い》で。」と言つて、わかれました。

男の子はまた森をとほつて、お家《うち》へかへつて見ますと、お母さまが戸口に立つて、しく〳〵泣いてゐます。男の子は、「どうして泣いてゐるの？　私《わたし》がかへつたから、どろ坊が来てもこはくはないでせう？」と言ひました。するとお母さまは、

「どろぼうなんかはちつともこはくはない。」と言ひました。

「それでは何が悲しいの？」

「だつて父さまは、もうこゝへかへつては入らつしやらないんだもの。」

「うゝん、さうぢやない。父さまはぢきかへると仰《おつしや》つた。」

「それから私《わたし》も、もうお家《うち》へかへらなければならないのよ。かへつたら、もう二度と出ては来られない。」

お母さまはかう言つて、またさめ〴〵と泣きました。男の子は、

「そんなら私《わたし》たち三人や、小さな赤ちやんをみんなおいていくの?」と聞きました。星の女は、さう言はれるとびつくりして、

「いや〳〵、私《わたし》はもうどんなことがあつてもかへりはしない。安心しておいで。あの赤ん坊やおまへたちをおいて、どうしてかへつていかれよう。」

かう言ひ〳〵涙をふきました。男の子はそれで安心して、みんなと一しよにあそびました。

するとその晩、男の子は、外の月のあかりの中で、だれかゞうつくしい小鳥のやうな声で、しきりと何か言つてゐるので目がさめました。

聞いてゐると、その鳥のやうな声は、

「蜘蛛《くも》のはしごが下りてゐる、早くかへつてお出《い》でなさい。」といふことを、かなしいふしでうたつてゐます。

そばで赤ん坊に添へ乳《ぢ》をしてゐたお母さまは、

「ねんねんよ〳〵。この子は私の紅宝石《ルービー》だものを、この子をおいてはかへれない。」といふ意味を謡《うた》

でうたひながら、赤ん坊の寝顔を見つめてゐました。

するとと、外からは、

「そんなら二人でおかへりなさい。紅宝石《ルービー》をだいて二人で。」と謡ひます。お母さまは、しばらく黙つてゐました。そのうちに、外の声は、また、

「蜘蛛の梯子《はしご》が下りてゐる。

おまへが七年ゐないとて、
星の二人は泣いてゐる。」

と、また謡ひ出しました。赤ん坊はふと目をさまして泣き出しました。お母さまは、そつとそのお背中をたゝいて、

「ねん〳〵よ、ねん〳〵よ。かへれ〳〵と言つたつて、玉の飾りの着物がない。」と、悲しさうに謡ひました。

赤ん坊はまたすや〳〵と眠りました。

それからしばらく、何の声もしませんでしたが、やがてまた外の月のあかりの中から、

「鍵をおさがしなさい。お前の着物のかくしてある、小さなお部屋の金の鍵を。」と小さな美しい声で謡ひました。

男の子は、その謡を聞いてゐるうちに、一人でに、うと〳〵と眠つてしまひました。さうすると

その子の夢の中へ、二人の美しい女の人が出て来て、

「いゝ子だから、二階のあのお部屋の戸をあけて下さい。さうすればおまへのお母さまはもう泣きはしないから。」と言ひました。男の子は朝、目がさめると、お母さまに向つて、

「私《わたし》は昨夜《ゆうべ》、だれかゞお母さまに早くおかへり〳〵と言つていくども謡つたのを聞いた。」と言ひました。お母さまは、

「おまへは夢でも見たのでせう。」と言ひました。そして、あとで一人でさめ〴〵と泣きました。

男の子は、たしかに目をあいてゐて聞いたのですから、もしほんとうにお母さまがかへつてしまつたらどうしようと思ひ〳〵、いちんち昨夜の歌のことばかり考へてくらしました。

三

その夕方、男の子は、ゆうべ二人の女の人が、あの二階の部屋をあければお母さまはもう泣きはしないと言つたのを思ひだしました。そして、さうすればお母さまは、もう家《うち》へもかへりはしないだらうと思ひました。そのときお母さまは、下の二人の男の子と赤ん坊とに水あびをさせに、泉へいつてゐました。

男の子は、いそいで二階へ上つて、小さな金の鍵《かぎ》で、そこの部屋の戸をあけました。さうすると
その部屋の中には、金と銀の糸でおつた、色々の宝石の飾りのついた、きれいな着物がかけてあり
ました。

おろして見ますと、その着物の胸のところには、大きな紅宝石《ルービー》がついてゐました。飾りの宝石も
その紅宝石《ルービー》も、ちようど夜の空の星のやうに、きら〳〵とまぶしく光ります。男の子はびつくりし
て、その着物をお母さまに見せようと思つて持つて下りました。

しばらくするとお母さまは、二人の男の子と、赤ん坊とをつれてかへつて来ました。男の子は、
「母さま〳〵、こんなきれいな着物が二階にありました。着てごらんなさい。」と言ひました。お母
さまは、それを見ると、うれしさうにほゝゑんで、すぐにからだにつけました。子どもたちは、お
母さまがその着物を着て、きれいなお母さまになつたものですから、よろこんで踊りまはりました。
男の子は、
「父さまがかへるまで、毎晩貸して上げる。そして父さまがかへつたら、私がたのんで、もらつて
上げる。」と言ひました。お母さまは、
「今晩赤ちやんを寝かせるまで貸しといておくれね。」と言ひました。男の子は、
「それまで着て入らつしやい。」と言ひました。

男の子はその晩は、いつまでも眠らないで、床の中で目をあいてゐました。さうすると、間もな

くまた、外の月のあかりの中から、うつくしいこゑで、

「蜘蛛《くも》の梯子《はしご》が下りてゐる。

おまへが七年ゐないとて、

二人の星は泣いてゐる。」

と、小鳥のやうなうつくしいこゑでうたふのが聞えて来ました。

それから、しばらく何の声もしませんでしたが、こんどは、赤ん坊に添へ乳《ぢ》をしてゐたお母さまが、「ねん／＼よ、ねん／＼よ。わたしのかはい紅宝石《ルービー》を、どうしておいていかれよう。」と、謡《うた》ひました。男の子は聞いてゐるうちに、ひとりでにうと／＼と眠くなつて、お母さまの声がだん／＼に遠くの方へいつてしまふやうな気がしました。そしてそれなり、お日さまが出るまで、ぐつすり寝てしまひました。

男の子は朝、目をさまして、ゆうべの歌のことを言はうと思つて、お母さまをさがしますと、お母さまはどこにもゐません。男の子は、

「それでは、すゐれんの泉へいつたのだらう。」と思つて、そちらへさがしにいきましたが、お母さまはやつぱりそこにもゐませんでした。それでまた家《うち》へかへつて見ますと、お母さまばかりでなく、小さな赤ん坊もゐなくなつてゐました。男の子は、

「これはきつと、悪いどろぼうが、お母さまと赤ん坊をさらつていつたのにちがひない。をとゝひ

の晩からの美しい歌は、きつと、どろぼうが母さまをだましてつれ出さうと思つて謡つたのだ。」と思ひました。見ると、お母さまに貸して上げた、あの玉の飾りのついた、きら／＼した着物もありません。

下の二人のこどもは、母さまがゐない、母さまがゐない、と言つて泣き出しました。男の子は二人をなだめて、森の中をさがしてまはりましたが、どこまでいつて見ても、お母さまはゐませんでした。二人の子どもは、

「母さまがゐないからこはい。母さまがゐないからこはい。」と言つて、どんなにだましても聞かないで、いちんちおん／＼泣いてこまらせました。男の子もしまひには、

「母さま、かへつてよ。母さま、かへつてよう。」と言ひ／＼泣きました。二人の子どもは、お腹《なか》がすいてたまらないものですから、よけいにわあ／＼泣きました。

男の子は、そのうちにふと、お父さまからあれほどきびしくとめられてゐたことを思ひ出して、

「あゝ、しまつたことをした。父さまの言ふことを聞かないで、二階の部屋の戸をあけたので、あの美しい玉の飾りの着物までなくなつてしまつた。父さまがかへつたら、何と言はう、母さまや、赤ん坊がゐなくなつたのも、きつと私《わたし》が父さまの言つたことにそむいたばゝちにちがひない。」

かう思ふと、なほ／＼かなしくなりました。

間もなく日がくれて、美しい月夜になりました。男の子は二人の子どもを寝床へ寝かせようとし

てゐますと、ふと入口の戸があいて、お母さまが、ゆうべの玉の飾りの着物を着てかへつて来ました。下の二人の子どもは、大よろこびで、お母さまに飛びつきました。

「母さまがゐないからこはかつた。」

「私《わたし》も怖かつた。」と二人はかはる／″＼言ひました。お母さまは、

「もう私《わたし》がついてゐるから、何にもこはいことはありません。それよりも、みんなさぞお腹《なか》がすいたでせう。さあこれをおあがりなさい。」と言つて、大空からもつて来た、おいしい果物を分けてやりました。二人の子供はうれしがつて、どん／＼食べました。しかし一ばん上の男の子は、それを食べようともしないで、

「母さま、赤ん坊はどこへいつたの。母さまは私《わたし》たちをおいていきはしないと言つたのに、どうしてよそへいつたの。」と聞きました。お母さまは、

「赤ん坊は私《わたし》の二人のお姉さまのそばで寝てゐます。私はこれからすぐにまたお家《うち》へかへつて、遠くから見てゐて上げるから、みんなでおとなしくおねんねをするのよ。またあすの晩もおいしいものをもつて来て上げるから。」と言ひました。男の子は、

「それではその玉の着物をぬいでいつてね。父さまが、あのお部屋をあけてはいけないと言つたのに、私《わたし》があけて出したのだから、父さまにしかられる。父さまがかへつたら、私がねだつて、もらつて上げる。」と言ひました。お母さまは、

「そんなことはいゝから、早くこの果物をおあがり。」と言ひました。男の子はさう言はれたので安心して、お母さまとならんで、そのおいしい果物を食べました。

さうすると、だん／＼に金の鍵のことも玉の飾《かざり》の着物のこともみんなわすれてしまひました。そしてお母さまが美しい着物を着て、美しい人になつてゐるのが、うれしくてたまりませんでした。

四

男の子は、もうお母さまはどこへも出ていかないものと思つて、安心して寝床へはいりました。すると、そのうちに、また、ふいと歌の声がするので目がさめました。ぢつと聞いてゐると、やつぱりゆうべと同じ美しい声で、

「紅宝石《ルービー》がしきりと泣いてゐる。
日が出ぬうちにかへらねば、
馬の蹄《ひづめ》が糸を切る。」

と謡《うた》ひました。

お母さまは、ちやうど一ばん下の子どもが目をさましたのを寝かしつけてゐました。外の声が止《や》

むと、お母さまは、

「ねん〳〵よ、ねんねんよ。この子はこよひつれていく。この子にこゝで泣かれては、私《わたし》もお空で泣くのだから。」と、言ひ〳〵涙をふきました。

一ばん上の男の子は、またひとりでに眠くなりました。そして、

「明日は母さまにさう言つて、赤ん坊をつれてかへつてもらはう。さうすれば母さまはもうじぶんのお家《うち》へかへらないですむだらう。」と、かう思ひ〳〵寝てしまひました。

あくる朝目をさまして見ますと、お母さまは、いつの間にか、一ばん下の弟と一しよに、ゐなくなつてゐました。二ばん目の弟は、母さまがゐないと言つてわあ〳〵泣きました。男の子は、

「泣かなくてもいゝよ。母さまは夜になればまた来て下さるから。」と言つて、なだめました。しかし弟は、何と言つても泣き止《や》まないので、しまひには涙で目がまつ赤《か》にはれました。

そのうちに、日がくれて、空には星が一ぱい出ました。すると間もなく、入口の戸があいて、お母さまがかへつて来ました。

二ばん目の男の子は、走つて来て、お母さまの手に取りついて泣きながら、

「二人きりでこゝにゐるのはいや。母さまのお家《うち》へつれてつて。」と言ひました。

お母さまは二人に頬《ほほ》ずりをして、またゆうべのやうな、おいしい果物を分けて食べさせました。

一ばん上の男の子は、

「母さまはとう〳〵二人ともお家《うち》へつれてつてしまつたのね。父さまがかへつたら、何と言へばいいの。」と心配さうに聞きました。お母さまは、

「それはまたあとでお話するから、早くお食べなさい。」と言ひました。

男の子は、ひもじくてたまらないので、急いで果物を食べました。そして、もう悲しいことも心配ごともわすれて、お母さまと楽しくお話をして、しまひに寝床へはいりました。

男の子は明け方ぢかくに、ふと目がさめました。さうすると、また外に歌の声がしてゐました。

「日が出ぬうちにかへらねば、
　馬の蹄が糸を切る。
　二人は夜どほし泣いてゐる。」

と、小鳥のやうな美しい声で謡つてゐます。お母さまは、二番目の子が目をさましたのを寝かせながら、

「ねん〳〵よ、ねん〳〵よ。この子が寝たらつれていく。あとでこの子に泣かれては、私《わたし》もお空で泣くのだから。」と、悲しさうに言ひました。

男の子はその歌を聞きながら、またすや〳〵と寝入つてしまひました。

朝起きて見ますと、窓にはもう日かげがまつ黄色にさしてゐました。そして、お母さまも弟もみんなゐなくなつてゐました。

男の子はいちんち一人で泣きつゞけて、涙で目がまつ赤にはれました。

やがて夜になつて、大空に星がかゞやきはじめたと思ふと、また入口の戸があいて、お母さまがかへつて来ました。男の子はお母さまの手に取りすがつて、

「母さまはどうしてみんなをつれてつてしまつたの。父さまがかへつたら、びつくりするよ。早くみんなをつれてかへつてね。ねえ、母さま。父さまがかはいさうだから。」と、たのみました。お母さまは、

「そんなことはあとにして、早くこれをお上《あが》りなさい。」と言ひながら、空からもつて来た果物をたくさんならべました。しかし男の子は、いくらすゝめても食べませんでした。お母さまは、

「それでは、これから私《わたし》と一しよに、おまへの大好きな赤ん坊と、あの二人の弟たちのところへいきませう。さあお立ちなさい。」と言ひました。男の子は、

「私《わたし》は一人でこゝにゐる。父さまは、かへるまでちやんとお家《うち》の番をしてお出《い》でと言つたから、私は一人で番をするの。」と言ひました。

「それでは私《わたし》はもういきますよ。父さまは明日かへつて入らつしやるはずだから、おかへりになつたらさう言つて下さい。母さまは、玉の飾りの着物を見つけましたから、もうお家《うち》へかへりましたと言つて下さい。母さまはこれまで長い間、毎日〱どんなにお家《うち》へかへりたかつたか知れません、もう今晩きりで二どとこゝへは来ないから、よく母さまのお顔を見ておおき。それから父さまが、

なぜ二階のお部屋をあけたとお聞きになつたら、二人の女の人が、夢の中で、母さまが泣いてゐてかはいさうだからあけてお上げと言つたから、開けたのですとお言ひなさい。」

お母さまはかう言ひ〳〵さめ〴〵と泣きました。

「母さまのお家《うち》はどこにあるの？　こゝからよつぽどとほいの？」と、男の子は聞きました。

「それは、あとでお父さまにお聞きなさい。」

星の女は、かう言つて、間もなく空へかへつてしまひました。

五

あくる日になりますと、男の子はお父さまがもうかへるか、もうかへるかと思ひながら、いちんち戸口に立つて待つてゐました。さうすると、やつと夕方近くなつて、向うの森の中に、お父さまのかへつて来る姿が見えました。男の子は走つて迎へにいつて、

「父さま、私《わたし》はずゐぶん悪いことをしたの。女の人が二人、私が寝てゐるうちに来て、母さまがかはいさうだから、二階のお部屋をおあけと言つたから、金の鍵《かぎ》であけたの。さうすると玉の飾りの一ぱいついた、きれいな着物があつたから、母さまに見せたら、母さまが貸してくれと言つた。そ

してその晩、外からたれかゞ謡《うた》をうたつて母さまをよぶと、母さまはその着物を着たまゝいつてしまつたの。」

　かう言つて泣き〳〵話しました。お父さまはそれを聞くとびつくりして、

「ごらんよ、私《わたし》のいふことを聞かないから、おまへたちはとう〳〵母さまをなくしてしまつたぢやないか。しかしもう悔《くや》んでも仕方がない。お部屋をあけたことは、ゆるして上げるから、これからはけつして父さまのいふことにそむいてはいけないよ。母さまはそのうちには、おまへたちを見たくてかへつて来るかもわからない。これからみんなで赤ん坊のおもりをして、たのしくくらすことにしよう。」

　かう言つて、涙をこぼしました。

「でも赤ん坊は母さまが、あの玉の飾りの着物を貸してくれと言つた晩に、一しよにつれていつてしまつたの。」と男の子は言ひました。お父さまは、

「赤ん坊もいつたのか。」と悲しさうに言ひました。

「しかし、あの子はお乳がないとこまるから、母さまのそばにゐた方が仕合《しあはせ》だ。それでは四人で一しよにくらしていかう。」

「でも母さまは、そのあくる晩と、またあくる晩に、二人ともつれてつてしまつたの。ゆうべは、私《わたし》をつれに来たけれど、私は父さまがかはいさうだから、いかないと言つたの。」

男の子がかう言ひますと、猟人《かりうど》は、よろこんでだき上げて、

「よくいかないでゐてくれた。それではこれから、どんなことがあつても、おまへは父さまのそばをはなれないいかい？」と頬《ほほ》ずりをして言ひました。

「私《わたし》は、いつまでも父さまと一しよにゐるの。そして、父さまのいふことをよく聞くの。」と男の子は言ひました。二人は、そのまゝ森の家《うち》でくらしました。

猟人は毎日、その子をつれて猟に出て、夕方になるとまた一しよにかへつて来ました。しかし男の子は、毎日お母さまのことがわすれられませんでした。夜になつて、大空に星が一ぱい出ると、男の子は一人で門口へ出て、そのたくさんの星の中の、どれがじぶんのお母さまか、どれが妹か弟かと思ひながら、いつまでも空を見上げてゐました。

それから寝床へはいつて寝るときにも、いつもお母さまや妹や弟たちにあひたいとおもつて一人で泣きました。

そのうちに、お母さまたちがゐなくなつてから一年になりました。すると、或《ある》晩、夜中に、猟人は男の子を呼びおこして、

「こゝへお出《い》で。早くお出で。父さまは急に気分が悪くなつた。」と言ひました。男の子はびつくりして、そばへいつて見ますと、お父さまはまつ青《さを》な顔をして目をつぶつてゐました。男の子は、お父さまの手をさすつて、

「今日はあんまり遠くまで歩いたからよ。あしたは猟を休んで家にゐませうね。」と言ひました。お父さまは、

「あゝ、くちびるがかわく。冷たい水を飲ましてくれ。」と言ひました。男の子は、おほいそぎですゐれんの泉へかけていきました。お父さまはその水を一と口飲むと、そのまゝすや／＼と眠つてしまひました。男の子は夜どほし起きて、そばについてゐました。猟人は、とう／＼夜明けまへに死んでしまひました。男の子は、大声を上げて泣きました。

夜が明けると、男の子は泣き／＼木を切り集めて、お父さまの死骸《しがい》を焼きました。男の子は、もう、たつた一人でこの森にゐるのはいやでした。でも、どこと言つていくところもありません。男の子は、森の草の上に顔を伏せて、せめてもう一どお母さまにあひたいと思ひながら、日がくれるまで泣きつゞけに泣いてゐました。

やがて、大空には星がかゞやきはじめました。すると蜘蛛《くも》の王さまは、おほいそぎで下界にとゞく梯子《はしご》をつむぎ出しました。星の女はそれにつたはつて、泣いてゐる男の子のところへ下りて来ました。

男の子は泣き／＼お父さまのなくなつたことを話しました。お母さまも、さめ／〴＼と泣きました。そしてしまひに、

「もういゝから、泣かないでおくれ。私《わたし》は、おまへがかはいさうだからむかへに来たのです。さあ

これを食べて、一しよに母さまのところへいらつしやい。」

かう言つて、空からもつて来た果物を食べさせました。男の子はそれを食べると、一人でに悲しさをわすれて、お母さまと一しよに、空へ上りました。

そのあくる日、二人の旅人が森をとほりかゝつて、猟人の家《うち》へはいりました。すると、家《うち》の中には人が一人もゐないものですから、二人は変に思つて、

「それでは、この家《うち》の人がかへるまで、二人でこゝに住んでゐよう。」と相談しました。しかし、家《うち》の人は、いつまでたつてもかへつては来ませんでした。二人の旅人は、とう／＼死ぬまで、長い間そこでくらしました。

二人はその間、いつも月のてる晩には、すゐれんの泉の中で、三人の女と、四人の子どもとが、楽しさうに水を浴びてゐる声を聞きました。そして明け方になると、かならず空の上から、

「おかへりなさい。お日さまがお出ましにならないうちにかへらないと、お馬が梯子《はしご》をふみ切つてしまひます。」

かう言つて、みんなをよぶ声が聞えました。

夜光虫　小泉八雲　林田清明訳

月なき無窮の夜空に、あまたの星がきらめいて、横たわる天の河も、ひときわさんざめいている。凪《な》は凪いでいるが、海はざわめいている。見渡せば、ざあと一つまた一つ押し寄せて来る小浪《さざなみ》が、皆火のように燦《きら》めいている。黄泉《よみ》の国の美しさもこのようではなかろうかと思うばかりである。真《ほんとう》に夢のようである。小浪の浪間《なみま》は漆黒であるが、波の穂は金色《こんじき》を帯びて浮び漂っている――そのまばゆさに驚かされるほどだ。たゆげに寄せる浪は、ことごとく蝋燭《ろうそく》の炎に似て黄色《おうしょく》に光っている。なかに深紅に、また青く、今また黄橙色《オレンジ》に、はては翠玉色《エメラルド》を放つものがある。黄色に光っている浪のうねりの揺蕩《たゆとう》は、大海原の波動の故ではなくて、何かあまたの意思が働いているように思われる――意識を持っており、かつ巨大にして漂っているもの――あの、暗い冥界《めいかい》に棲むドラゴンが群れなしてひしめき合い、繰り返し身もだえしているのに似ている。

実は、この壮麗な不知火《しらぬい》の輝きを作っているのは生命である。――ごく小さな生命ではあるが、霊的な繊細さを持っている――この生命は無限とはいえ、はかないものである。この小さきものは、水平線まで続く潮路の上を流離《さすらい》ながら、弛《たゆ》みなく変化して、今を生きようとかつ燃えかつ消えゆくのである。さらに、はるか水平線の上では、他《ほか》の億万の光が別の色を脈打ちつつ、底知れぬ深い淵へと往き失《う》せてゆく。

この奇《くす》しき様を眺めて、私は言葉なく瞑想する。「夜」と「海」のおびただしい燦《きら》めきの中に、究極の霊が現われたのではないかと思った——私の上には、消滅した過去が凄まじいほど融解しては輝くという秩序《システム》の中で、再び存在しようとする生命の霊気とともに、蘇《よみが》えっている。私の下では、流星群がほとばしり、また星座や冷たい光の星雲となって活気づいている——やがて私は思い至った——恒星と惑星の幾百万年という歳月も、万象の流転の中では、一匹の死にかけた夜光虫の一瞬の閃光に優《すぐ》る意味を持つだろうか、と。

この疑念が湧いて、私の考えは変わった。もはや炎の明滅する、古《いにしえ》の東洋の海を望んでいるのではない。私が観ているのは、さながら海の広さと深さ、それに高さとが「永遠の死の闇」と一体となったあの「ノアの洪水」——言い換えるなら、寄るべき岸辺なく、刻むべき時間《とき》もない「死」と「生」の「蒼海《わだつみ》」である。かくして、恒星の何百光年もの輝ける霞《かすみ》である——天の河の架け橋——も、「無限の波動」の中にあっては、燻《くす》ぶった一個の波にすぎない。

けれど、私の胸の底にあのささやきをまた聞いた。私はもはや恒星の霞状の波を見てはいない。ただ、生きている闇を観ているだけである。それは無限に瞬《またた》いて、流れ込んできては、私の廻りをゆらゆら震えるように行き去ってゆく。燦《きら》めきというきらめきが、沸々として心臓のように鼓動している——夜光虫が発光する色合を打ち出している。やがて、これら輝いているもの皆、たえず明滅している光の撚《よ》り糸のようであり、果てしなき「神秘」の中へと流れ出している……。

あゝ、私も夜光虫の一匹《ひとつ》である――無量の流れの中にはかなくも漂う、燐光体の一閃光《ひとつ》である、と悟った――私が発する光は、私の思惟が変わるにつれて色合いを変えているようだ。時に深紅色《ルビー》に、時に青玉色《サファイア》に瞬《またた》く。今は黄玉色《トパーズ》の炎、さらには翠玉色《エメラルド》の炎に移り変わっている。この変化が何のためであるかは知らないけれど、地上の生命《いのち》の思惟は、おおかたは赤い色となるようだ。他方、天界の存在は――霊的なる美および霊的至福のいずれも備えていて――、その思惟は青色と紫色とが趣《おもむき》深く燃えて、変化の妙を極めている。


しかし、現世《うつしよ》のどこにも白い光を見ないのは、不思議である。

すると、どこからともなく「天の声」が聞こえきて、語った――。

「白き光は高貴な存在《もの》の光なり。夫《そ》れ何十億もの光を融け合わせて作られん。白き光の輝きに奉仕するのが汝の役目なり。汝の燃える色こそ、汝の価値なり。汝の生きるはその一瞬なれども、汝の鼓動の光は生き続けん。汝の思惟によりて輝けるその刹那、汝は有り難くも「神々を作る者」の一人とならん。」

十五夜のお月様　村山籌子

大きい森のむかふから、ブルブルブルと小さい音が響いて来ました。木の上でねてゐた真黒《まつくろ》な小人はそれを聞くと、とびおきて、青い着物をきて、赤い帽子をかぶつて音のする方へ飛んでゆきました。

「お月様、今晩は。ずゐ分早くおでかけですね。」と、小人が申しました。ブルブルと音をたててゐたのは赤いお月様でした。

「たくさんの子供たちが、あなたのいらつしやるのをどんなに待つてゐるでせう。さあでかけませう。」と小人は言つて、お月様と二人で森を出て、野原をとほりすぎて、街にまゐりました。

「お月様。街の灯《あかり》はどうしてあんなに赤くてきれいなんでせうね。家《うち》にはみんな窓がついて、きれいだなあ。おや、あの家《うち》の窓からかわいゝ女の子が、お月様と僕《ぼく》とを見て笑つてゐますよ。」と小人が指さしました。

「ほんとに、私《わたし》たちの方を見て笑つてゐるやうですね。おや、あれは私の子供ですよ。」とおつしやいました。

「え？　ほんとですか。お月様。」と、小人はびつくりしました。

「ほんとですとも。うそと思ふならあすこへ行つてきいてごらんなさい。」と、お月様はお笑ひなさいました。

そこで小人は大いそぎで、一とびに女の子のゐる窓にとびついて、

「今晩は。かわいいお嬢さん。あなたはお月様の子供ださうですが、ほんとですか。」とききますと、女の子は、

「えゝ、さうです。私《わたし》はお月様の子供です。」と笑ひました。

「ほんとに、あなたのお顔はお月様のやうにきれいですね。あなたはこの家《うち》で毎日なにをしていらつしやるのですか。この街はほんとに美しい街ですね。」と、小人が聞きました。

「このお家《うち》は私《わたし》の家《うち》で　赤いきれや、おもちやや、いろんなおもしろいお話をかいた本をうつてゐるのです。そのなかには、あなたのことも、お月様のこともかいてありますよ。私は毎日、そんなご本をよんだり、お人形をつくつたりしてあそんでゐます。私は、小さい時に、お月様のところから、この家《うち》へもらはれて来たのですよ。これをお月様にさしあげて下さい。」と、女の子は、自分の頭から　赤いリボンをとつて、小人にわたしました。小人はそれをもらつて、またお月様のあとをおつかけました。お月様は女の子にもらつたリボンを、頭におかけになりました。お月様はまるでかわいゝかわいゝ女の子に見えました。

「まあ。お月様。あなたがそのリボンをおかけになるとあの女の子にそつくりですよ。」と、小人が大よろこびで言ひました。お月様もたいへんうれしさうに、その晩中、ニコニコと笑つていらつしやいました。

その晩は丁度《ちやうど》十五夜でした。

つね子さんと兎

野口雨情

ある日、つね子さんが、いつものやうにお庭へ出て、

兎来い　兎来い
赤い草履《ぞんぞ》買つてやろ

兎来い　兎来い
赤い簪《かんざし》買つてやろ

兎来い　兎来い
ぴよんこぴよんこはねて来い

と、『兎来いの唄』をうたつて遊んでをりますと、
『今日は、今日は』と云つて一疋の子兎が来ました。
『まア　お前は子兎ね』とつね子さんが云ひますと、
『さうです。わたしは子兎ですよ。あなたのお唄が聞えたので参りました』
と子兎はなつかしさうに云ひました。

『あら、わたしの唄が聞えたの。お前のお家《うち》は何処《どこ》なの』と訊きますと、

『わたしのお家ですか。ほら、お月さまの中にお餅を搗《つ》いてゐるでせう。あれはわたしの伯父さんなんですよ。わたしのお家も矢つぱりお月さまの中なんですが、『兎来ぃの唄』が聞えたので、どうかしてゆきたいと、やつとのことで此処《ここ》まで参りました。』

『お月さまの中まで唄が聞えたの。』

『そりやアもう、手にとるやうによく聞えますよ。わたしのお友達は皆な真似てうたつてをりますもの。』

『さうなの』と、つね子さんは大へん感心をしまして、赤い鼻緒の草履と赤い花簪《かんざし》とを買つてやりました。子兎は赤い鼻緒の草履をはいて、赤い花簪をさして嬉しさうに、

生れて　初めて
赤い草履《ぞんぞ》はいた

生れて　初めて
赤い簪さした

お月さんの国へ　もう帰らずに
ここのお庭の兎にならう。

と、うたひました。つね子さんも、

お月さんの国へ　もう帰らずに
ここのお庭の兎におなり

草履《ぞんぞ》切れたら
また買つてあげよう
赤い簪《かんざし》
また買つてあげよう

と、お庭中うたつて歩きました。子兎もつね子さんの後について、お庭中うたつて歩きました。
そのうちに、日が暮れて、夕《ゆふべ》のお月さまが東の空からあがつて来ました。

『わたしのお友達が此方《こっち》を見ながら大きな声でうたつてゐるから御覧なさい』と、子兎がつね子さんに云ひました。つね子さんが耳をすまして聞きますと、

つね子さん　ありがたう
赤い草履《ぞんぞ》　ありがたう
つね子さん　ありがたう
赤い簪《かんざし》　ありがたう

お月さんの国へ
遊びにおいで

と、お月さまの中で大勢の子兎がうたつてゐる唄が、ほんたうに微《かすか》に聞えました。

二十六夜　宮沢賢治

日暮里
Nippori
尾久橋
Ogubashi
尾久橋通り

※

旧暦の六月二十四日の晩でした。

北上川《きたかみ》の水は黒の寒天よりももっとなめらかにすべり獅子鼻《ししはな》は微《かす》かな星のあかりの底にまっくろに突き出てゐました。

獅子鼻の上の松林は、もちろんもちろん、まっ黒でしたがそれでも林の中に入って行きますと、その脚の長い松の木の高い梢《こずゑ》が、一本一本空の天の川や、星座にすかし出されて見えてゐました。

松かさだか鳥だかわからない黒いものがたくさんその梢にとまってゐるやうでした。

そして林の底の萱《かや》の葉は夏の夜の雫《しづく》をもうポトポト落して居《を》りました。

その松林のずうっとずうっと高い処《ところ》で誰《たれ》かゴホゴホ唱へてゐます。

「爾《そ》の時に疾翔大力《しつしようたいりき》、爾迦夷《るかゐ》に告げて曰《いは》く、諦《あきらか》に聴け、諦に聴け、善《よ》く之《これ》を思念せよ、我今汝《なんぢ》に、梟鵄諸《けうしもろもろ》の悪禽《あくきん》、離苦解脱《りくげだつ》の道を述べん、と。

爾迦夷《るかゐ》、則《すなは》ち、両翼を開張し、虔《うやうや》しく頸《くび》を垂れて、座を離れ、低く飛揚して、疾翔大力を讃嘆すること三匝《さんさふ》にして、徐《おもむろ》に座に復し、拝跪《はいき》して唯《ただ》願ふらく、疾翔大力、疾翔大力、たゞ我等が為《ため》に、これを説きたまへ。たゞ我等が為《ため》に、之を説き給へと。

疾翔大力、微笑して、金色《こんじき》の円光を以《もっ》て頭《かうべ》に被《かぶ》れるに、その光、遍《あまね》く一座を照し、諸鳥歓喜充満せり。則ち説いて曰《いは》く、

汝等《なんぢら》審《つまびらか》に諸の悪業《あくごふ》を作る。或《あるい》は夜陰を以て、小禽《せうきん》の家に至る。時に小禽、既《すで》に終日日光に浴し、歌唄《かばい》跳躍して疲労をなし、唯唯甘美の睡眠中にあり。汝等飛躍して之を握《つか》む。利爪《りさう》深くその身に入り、諸《もろもろ》の小禽《せうきん》、痛苦又声を発するなし。則ち之を裂きて擅《ほしいまま》に噉食《たんじき》す。或は沼田《せうでん》に至り、螺蛤《らかふ》を啄《ついば》む。螺蛤軟泥中にあり、心柔軟《にうなん》にして、唯温水を憶《おも》ふ。時に俄《にはか》に身、空中にあり、或は直ちに身を破る、悶乱《もんらん》声を絶す。汝等之を噉食《たんじき》するに、又懺悔《ざんげ》の念あることなし。

斯《かく》の如《ごと》きの諸《もろもろ》の悪業《あくごふ》、挙げて数ふるなし。悪業を以ての故に、更に又諸の悪業を作る。継起して遂《つひ》に竟《をは》ることなし。昼は則ち日光を懼《おそ》れ又人及諸の強鳥を恐る。心暫くも安らかなるなし、一度《ひとたび》梟身《けうしん》を尽して、又新《あらた》に梟身を得《う》、審《つまびらか》に諸の苦患《くげん》を被《かうむ》りて、又尽ることなし。」

俄《には》かに声が絶え、林の中はしぃんとなりました。たゞかすかなかすかなすゝり泣きの声が、あちこちに聞えるばかり、たしかにそれは梟《ふくろふ》のお経だったのです。

しばらくたって、西の遠くの方を、汽車のごうと走る音がしました。その音は、今度は東の方の丘に響いて、ごとんごとんとこだまをかへして来ました。

林はまたしづまりかへりました。よくよく梢をすかして見ましたら、やっぱりそれは梟でした。一疋《ぴき》の大きなのは、林の中の一番高い松の木の、一番高い枝にとまり、そのまはりの木のあちこち

の枝には、大きなのや小さいのや、もうたくさんのふくろふが、じっととまってだまってゐました。ほんのときどき、かすかなかすかなため息の音や、すゝり泣きの声がするばかりです。

　ゴホゴホ声が又起りました。

「たゞ今のご文《もん》は、梟鵄《けうし》守護章といふて、誰《たれ》も存知の有り難いお経の中の一とこぢゃ。たゞ今から、暫時《しばし》の間、そのご文の講釈を致す。みなの衆、ようく心を留めて聞かしゃれ。折角鳥に生れて来ても、たゞ腹が空《す》いた、取って食ふ、睡《ねむ》くなった、巣に入るではなんの所詮《しょせん》もないことぢゃぞよ。それも鳥に生れてたゞやすやすと生きるといふても、まことはたゞの一日とても、たゞごとではないのぞよ、こちらが一日生きるには、雀《すずめ》やつぐみや、たにしやみゝずが、十や二十も殺されねばならぬ、たゞ今のご文にあらしゃるとほりぢゃ。こゝの道理をよく聴きわけて、必らずうかうか短い一生をあだにすごすではないぞよ。これからご文に入るぢゃ。子供らも、こらへて睡るではないぞ。よしか。」

　林の中は又しいんとなりました。さっきの汽車が、まだ遠くの遠くの方で鳴ってゐます。

「爾《そ》の時に疾翔大力《しっしょうたいりき》、爾迦夷《るかゐ》に告げて曰《いは》くと、まづ疾翔大力とは、いかなるお方ぢゃか、それを話さなければならんぢゃ。

　疾翔大力と申しあげるは、施身大菩薩《せしんだいぼさつ》のことぢゃ。もと鳥の中から菩提心《ぼだいしん》を発して、発願《ほつぐわん》した大力の菩薩ぢゃ。疾翔とは早く飛ぶといふことぢゃ。捨身菩薩がもとの鳥の形に身をなして、空をお飛びになるときは、一揚といふて、一はゞたきに、六千由旬《ゆじゅん》を行きなさる。そのいはれより疾翔と申さるゝ、大力といふは、お徳によって、たとへ火の中水の中、たゞこの菩薩を念ずるものは、捨身大菩薩、必らず飛び込んで、お救ひになり、その浄明《じやうみやう》の天上にお連れなさる、その時火に入って身の毛一つも傷《きず》つかず、水に潜《くぐ》って、羽、塵《ちり》ほどもぬれぬといふ、そのお徳をば、大力とかう申しあげるのぢゃ。されば疾翔大力とは、捨身大菩薩を、鳥より申しあげる別号ぢゃ、まあさう申しては失礼なれど、鳥より仰ぎ奉る一つのあだ名ぢゃと、斯《か》う考へてよろしからう。」

声がしばらくとぎれました。林はしいんとなりました。たゞ下の北上川の淵《ふち》で、鱒《ます》か何かのはねる音が、バチャンと聞えただけでした。

梟《ふくろふ》の、きっと大僧正か僧正でせう、坊さんの講義が又はじまりました。

「さらば疾翔大力は、いかなればとて、われわれ同様賤《いや》しい鳥の身分より、その様なる結構のお身となられたか。結構のことぢゃ。ご自分も又ほかの一切のものも、本願のごとくにお救ひなされることなのぢゃ。さほど尊いご身分にいかなることでなられたかとなれば、なかなか容易のことではあらぬぞよ。疾翔大力さまはもとは一疋の雀《すずめ》でござらしゃったのぢゃ。南天竺《なんてんぢく》の、ある家《や》の棟《むね》に棲《す》まはれた。ある年非常な饑饉《ききん》が来て、米もとれねば木の実もならず、草さへ枯れたことがござった。鳥もけものも、みな飢ゑ死にぢゃ人もばたばた倒れたぢゃ。もう炎天と飢渇《きかつ》の為《ため》に人にも鳥にも、親兄弟の見さかひなく、この世からなる餓鬼道《がきだう》ぢゃ。その時疾翔大力は、まだ力ない雀でござらしゃったなれど、つくづくこれをご覧じて、世の浅間《あさま》しさはかなさに、泪《なみだ》をながしていらしゃれた。

中にもその家の親子二人、子はまだ六つになるならず、母親とてもその大飢渇《だいきかつ》に、どこから食《じき》を得るでなし、もうあすあすに二人もろとも見す見す餓死を待ったのぢゃ。この時、疾翔大力《しっしょうたいりき》は、上よりこれをながめられあまりのことにしばしは途方にくれなされたが、日ごろの恩を報ずるは、たゞこの時と勇みたち、つかれた羽をうちのばし、はるか遠くの林まで、親子の食《じき》をたづねたげな。一念天に届いたか、ある大林のその中に、名さへも知らぬ木なれども、色もにほひもいと高き、十の木の実をお見附けなされたぢゃ。さればもはや疾翔大力は、われを忘れて、十たびその実をおのがあるじの棟《むね》に運び、親子の上より落されたぢゃ。その十たび目は、あまりの飢ゑと身にあまる、その実の重さにまなこもくらみ、五たび土に落ちたれど、たゞ報恩の一念に、ついご自分にはその実を啄《ついば》みなさらなんだ、おもひとゞいてその十番目の実を、無事に親子に届けたとき、あまりの疲れと張りつめた心のゆるみに、ついそのまゝにお倒れなされたぢゃ。されどもややあって正気に復し下の模様を見てあれば、いかにもその子は勢《せい》も増し、たゞいたけなく悦《よろこ》んでゐる如《ごと》くなれども、親はかの実も自らは口にせなんぢゃ、いよいよ餓ゑて倒れるやうす、疾翔大力これを見て、はやこの上はこの身を以て親の餌食《ゑじき》とならんものと、いきなり堅く身をちゞめ、息を殺してはりより床へと落ちなされたのぢゃ。その痛さより、身は砕くるかと思へども、なほも命はあらしゃった。されども慈悲もある人の、生きたと見てはとても食《た》べはせまいとて、息を殺し眼《め》をつぶってゐられたぢゃ。そしてたうとう願かなってその親子をば養はれたぢゃ。その功徳《くどく》より、疾翔大力様は、つひに仏にあはれたぢゃ。そして次第に法力《ほふりき》を得て、やがてはさきにも申した如く、火の中に入れどもその毛一つも傷つかず、水に入れどもその羽一つぬれぬといふ、大力の菩薩《ぼさつ》となられたぢゃ。今このご文は、この大菩薩が、悪業《あくごふ》のわれらをあはれみて、救護の道をば説かしゃれた。その始めの方ぢゃ。しばらく休んで次の講座で述べるといたす。

南無《なむ》疾翔大力、南無疾翔大力。

みなの衆しばらくゆるりとやすみなされ。」

いちばん高い木の黒い影が、ばたばた鳴って向ふの低い木の方へ移ったやうでした。やっぱりふくろふだったのです。

それと同時に、林の中は俄《には》かにばさばさ羽の音がしたり、嘴《くちばし》のカチカチ鳴る音、低くごろごろつぶやく音などで、一杯になりました。天の川が大分まはり大熊星《おほぐまぼし》がチカチカまたゝき、それから東の山脈の上の空はぼおっと古めかしい黄金《きん》いろに明るくなりました。

前の汽車と停車場で交換したのでせうか、こんどは南の方へごとごと走る音がしました。何だか車のひゞきが大へん遅く貨物列車らしかったのです。

そのとき、黒い東の山脈の上に何かちらっと黄いろな尖《とが》った変なかたちのものがあらはれました。梟《ふくろふ》どもは俄にざわっとしました。二十四日の黄金《きん》の角《つの》、鎌《かま》の形の月だったのです。忽《たちま》ちすうっと昇ってしまひました。沼の底の光のやうな朧《おぼろ》な青いあかりがぼおっと林の高い梢《こずゑ》にそゝぎ一疋《ぴき》の大きな梟《ふくろふ》が翅《はね》をひるがへしてゐるのもひらひら銀いろに見えました。さっきの説教の松の木のまはりになった六本にはどれにも四疋から八疋ぐらゐまで梟がとまってゐました。低く出た三本のならんだ枝に三疋の子供の梟がとまってゐました。きっと兄弟だったでせうがどれも銀いろで大さはみな同じでした。その中でこちらの二疋は大分厭《あ》きてゐるやうでした。片っ方の翅をひらいたり、片脚でぶるぶる立ったり、枝へ爪《つめ》を引っかけてくるっと逆さになって小笠原島のかうもりのまねをしたりしてゐました。

それから何か云《い》ってゐました。

「そら、大の字やって見せようか。大の字なんか何でもないよ。」

「大の字なんか、僕《ぼく》だってできらあ。」

「できるかい。できるならやってごらん。」

「そら。」その小さな子供の梟はほんの一寸《ちょっと》の間、消防のやるやうな逆さ大の字をやりました。

「何だい。そればっかしかい。そればっかしかい。」

「だって、やったんならいゝんだらう。」

「大の字にならなかったい。たゞの十の字だったい、脚が開かないぢゃないか。」

「おい、おとなしくしろ。みんなに笑はれるぞ。」すぐ上の枝に居たお父さんのふくろふがその大きなぎらぎら青びかりする眼でこっちを見ながら云ひました。眼のまはりの赤い隈《くま》もはっきり見えました。

　ところがなかなか小さな梟の兄弟は云ふことをききませんでした。

「十の字、ほう、たての棒の二つある十の字があるだらうか。」

「二つに開かなかったい。」

「開いたよ。」

「何だ生意気な。」もう一疋は枝からとび立ちました。もう一疋もとび立ちました。二疋はばたばた、けり合ってはねが月の光に銀色にひるがへりながら下へ落ちました。

　おっかさんのふくろふらしいさっきのお父さんのとならんでゐた茶いろの少し小型のがすうっと下へおりて行きました。それから下の方で泣声が起りました。けれども間もなくおっかさんの梟はもとの処《ところ》へとびあがり小さな二疋ものぼって来て二疋ともものところへとまって片脚で眼をこすりました。お母さんの梟がも一度叱《しか》りました。その眼も青くぎらぎらしました。

「ほんたうにお前たちったら仕方ないねえ。みなさんの見ていらっしやる処でもうすぐきっと喧嘩《けんくわ》するんだもの。なぜ穂吉ちゃんのやうに、じっとおとなしくしてゐないんだらうねえ。」

　穂吉と呼ばれた梟は、三疋の中では一番小さいやうでしたが一番温和《おとな》しいやうでした。じっとまっすぐを向いて、枝にとまったまゝ、はじめからおしまひまで、しんとしてゐました。

　その木の一番高い枝にとまりからだ中銀いろで大きく頬《ほほ》をふくらせ今の講義のやすみのひまを水

銀のやうな月光をあびてゆらりゆらりとゐねむりしてゐるのはたしかに梟《ふくろふ》のおぢいさんでした。

月はもう余程高くなり、星座もずゐぶんめぐりました。蝎座《さそりざ》は西へ沈むとこでしたし、天の川もすっかり斜めになりました。

向ふの低い松の木から、さっきの年老《としよ》りの坊さんの梟が、斜に飛んでさっきの通り、説教の枝にとまりました。

急に林のざわざわがやんで、しづかにしづかになりました。風のためか、今まで聞えなかった遠くの瀬の音が、ひゞいて参りました。坊さんの梟はゴホンゴホンと二つ三つせきばらひをして又はじめました。

「爾《そ》の時に、疾翔大力《しっしょうたいりき》、爾迦夷《るかゐ》に告げて曰《いは》く、諦《あきらか》に聴け、諦に聴け、善《よ》く之《これ》を思念せよ。我今汝に、梟鵄《けうし》諸《もろもろ》の悪禽《あくきん》、離苦解脱《りくげだつ》の道を述べんと。

爾迦夷《るかゐ》、則《すなは》ち両翼を開張し、虔《うやうや》しく頸《くび》を垂れて座を離れ、低く飛揚して疾翔大力を讃嘆すること三匝《さんさふ》にして、徐《おもむろ》に座に復し、拝跪《はいき》して唯《ただ》願ふらく、疾翔大力、疾翔大力、たゞ我等が為《ため》にこれを説き給へ。たゞ我等が為に之を説き給へと。

疾翔大力微笑して、金色《こんじき》の円光を以《もっ》て頭《かうべ》に被《かぶ》れるに、その光遍《あまね》く一座を照し、諸鳥歓喜充満せり。則ち説いて曰く、

汝等《なんぢら》審《つまびらか》に諸の悪業《あくごふ》を作る。或《あるい》は夜陰を以て小禽《せうきん》の家に至る。時に小禽既《すで》に終日日光に浴し、

歌唄《かばい》跳躍して疲労をなし、唯唯《ただただ》甘美の睡眠中にあり。汝等飛躍して之を握《つか》む。利爪《りさう》深くその身に入り、諸の小禽《せうきん》痛苦又声を発するなし。則《すなは》ち之を裂きて擅《ほしいまま》に噉食《たんじき》す。或は沼田《せうでん》に至り、螺蛤《らかふ》を啄《ついば》む。螺蛤軟泥中にあり、心柔輭《にうなん》にして、唯温水を憶《おも》ふ。時に俄《にはか》に身空中にあり、或は直ちに身を破る、悶乱《もんらん》声を絶す。汝等之を噉食《たんじき》するに、又懺悔の念あることなし。

斯《かく》の如《ごと》きの諸の悪業、挙げて数ふるなし。悪業を以ての故に、更に又諸の悪業を作る。継起して遂《つひ》に竟《をは》ることとなし。昼は則ち日光を懼《おそ》れ、又人及《およ》び諸の強鳥を恐る。心暫《しば》らくも安らかなることなし、一度《ひとたび》梟身《けうしん》を尽して、又新《あらた》に梟身を得。審《つまびらか》に諸の苦患を被《かうむ》りて、又尽くることなし。で前の座では、捨身菩薩《しやしんぼさつ》を疾翔大力《しつしやうたいりき》と呼びあげるわけあひ又、その願成《ぐわんじやう》の因縁をお話いたしたぢやが、次に爾迦夷《るかゐ》に告げて曰《いは》くとある。爾迦夷といふはこのとき我等と同様梟《ふくろふ》ぢや。われらのご先祖と、一緒にお棲《すま》ひなされたお方ぢや。今でも爾迦夷上人《しやうにん》と申しあげて、毎月十三日がご命日ぢや。いづれの家でも、梟の限りは、十三日には楢《なら》の木の葉を取《と》て参《まゐ》て、爾迦夷上人さまにさしあげるといふことをやるぢや、これは爾迦夷さまが楢の木にお棲ひなされたからぢや。この爾迦夷さまは、早くから梟の身のあさましいことをご覚悟遊ばされ、出離の道を求められたぢやげなが、たうとうその一心の甲斐《かひ》あって、疾翔大力さまにめぐりあひ、つひにその尊い教を聴聞あって、天上へ行かしやれた。その爾迦夷さまへのご説法ぢや。諦《あきらか》に聴け、諦に聴け。善《よ》く之《これ》を思念せよと。心をしづめてよく聴けよ、心をしづめてよく聴けよと斯《か》うぢや。いづれの説法の座でも、よくよく心をしづめ耳をすまして聴くことは大切なのぢゃ。上《うは》の空で聞いてゐたでは何にもならぬぢゃ。」

ところがこのとき、さっきの喧嘩《けんくわ》をした二疋の子供のふくろふがもう説教を聴くのは厭《あ》きてお互にらめくらをはじめてゐました。そこは茂りあった枝のかげで、まっくらでしたが、二疋はどっちもあらんかぎりりんと眼を開いてゐましたので、ぎろぎろ燐《りん》を燃したやうに青く光りました。そこでたうとう二疋とも一ぺんに噴き出して一緒に、

「お前の眼は大きいねえ。」と云ひました。

その声は幸《さいはひ》に少しつんぼの梟《ふくろふ》の坊さんには聞えませんでしたが、ほかの梟たちはみんなこっちを振り向きました。兄弟の穂吉といふ梟は、そこで大へんきまり悪く思ってもぢもぢしながら頭だけはじっと垂れてゐました。二疋はみんなのこっちを見るのを枝のかげになってかくれるやうにしながら、

「おい、もう遁《に》げて遊びに行かう。」

「どこへ。」

「実相寺の林さ。」

「行かうか。」

「うん、行かう。穂吉ちゃんも行かないか。」

「ううん。」穂吉は頭をふりました。

「我今汝《なんぢ》に、梟鵄《けうし》諸《もろもろ》の悪禽《あくきん》、離苦解脱《りくげだつ》の道を述べんといふことは。」説教が又続きました。二疋はもうそっと遁げ出し、穂吉はいよいよ堅くなって、兄弟三人分一人で聴かうといふ風でした。

※

その次の日の六月二十五日の晩でした。

丁度ゆふべと同じ時刻でしたのに、説教はまだ始まらず、あの説教の坊さんは、眼を瞑《つぶ》ってだまって説教の木の高い枝にとまり、まはりにゆふべと同じにとまった沢山の梟どもはなぜか大へんみな興奮してゐる模様でした。女のふくろふにはおろおろ泣いてゐるのもありましたし、男のふくろふはもうとても斯《か》うしてゐられないといふやうにプリプリしてゐました。それにあのゆふべの三人兄弟の家族の中では一番高い処《ところ》に居るおぢいさんの梟はもうすっかり眼を泣きはらして頬《ほほ》が時々びくびく云ひ、泪《なみだ》は声なくその赤くふくれた眼から落ちてゐました。

もちろんふくろふのお母さんはしくしくしくしく泣いてゐました。乱暴ものの二疋の兄弟も不思議にその晩はきちんと座って、大きな眼をじっと下に落してゐました。又ふくろふのお父さんは、しきりに西の方を見てゐました。けれども一体どうしたのかあの温和《おとな》しい穂吉の形が見えませんでした。風が少し出て来ましたので松の梢《こずゑ》はみなしづかにゆすれました。

空には所々雲もうかんでゐるやうでした。それは星があちこちめくらにでもなったやうに黒くて光ってゐなかったからです。

俄《には》かに西の方から一疋の大きな褐色《かつしよく》の梟《ふくろふ》が飛んで来ました。そしてみんなの入口の低い木にとまって声をひそめて云ひました。

「やっぱり駄目《だめ》だ。穂吉さんももうあきらめてゐるやうだよ。さっきまではばたばたばたばた云ってゐたけれども、もう今はおとなしく臼《うす》の上にとまってゐるよ。それから紐《ひも》が何だか変ったやうだよ。前は右足だったが、今度は左脚に結《ゆは》ひつけられて、それに紐の色が赤いんだ。けれどもたゞひとつい〻ことは、みんな大抵寝てしまったんだ。さっきまで穂吉さんの眼を指で突っつかうとした子供などは、腹かけだけして、大の字になって寝てゐるよ。」

穂吉のお母さんの梟は、まるで火がついたやうに声をあげて泣きました。それにつれて林中の女のふくろふがみなしいんしいんと泣きました。

梟の坊さんは、じっと星ぞらを見あげて、それからしづかにたづねました。

「この世界は全くこの通りぢゃ。たゞもうみんなかなしいことばかりなのぢゃ。どうして又あんなおとなしい子が、人につかまるやうな処《ところ》に出たもんぢゃらうなあ。」

説教の木のとなりに居た鼠《ねずみ》いろの梟は恭々しく答へました。

「今朝あけ方近くなってから、兄弟三人で出掛けたさうでございます。いつも人の来るやうな処ではなかったのでございます。そのうち朝日が出ましたので、眩《まぶ》しさに三疋とも、しばらく眼を瞑《つぶ》ってゐたさうでございます。すると、丁度子供が二人、草刈りに来て居ましたさうで、穂吉もそれを知らないうちに、一人がそっとのぼって来て、穂吉の足を捉《つか》まへてしまったと申します。」

「あゝあはれなことぢゃ、ふびんなはなしぢゃ、あんなおとなしいいゝ子でも、何の因果ぢゃやら。できるなればわしなどで代ってやりたいぢゃ。」

林はまたしいんとなりました。しばらくたって、またばたばたと一疋の梟が飛んで戻って参りました。

「穂吉さんはね、臼の上をあるいてゐたよ。あの赤の紐を引き裂かうとしてゐたやうだったけれど、なかなか容易ぢゃないんだ。私はもう、どこか隙間《すきま》から飛び込んで行って、手伝ってあげようと、何べんも何べんも家のまはりを飛んで見たけれど、どこにもあいてる所はないんだらう。ほんたうに可哀さうだねえ、穂吉さんは、けれども泣いちゃゐないよ。」

梟のお母さんが、大きな眼を泣いてまぶしさうにしょぼしょぼしながら訊《たづ》ねました。

「あの家に猫《ねこ》は居ないやうでございましたか。」

「えゝ、猫は居なかったやうですよ。きっと居ないんです。ずゐぶん暫《しば》らく、私はのぞいてゐたんですけれど、たうとう見えなかったのですから。」

「そんならまあ安心でございます。ほんたうにみなさまに飛んだご迷惑をかけてお申し訳けもございません。みんな穂吉の不注意からでございます。」

「いゝえ、いゝえ、そんなことはありません。あんな賢いお子さんでも災難といふものは仕方ありません。」

林中の女のふくろふがまるで口口に答へました。その音は二町ばかり西の方の大きな藁屋根《わらやね》の中に捕はれてゐる穂吉の処《ところ》まで、ほんのかすかにでしたけれども聞えたのです。

ふくろふのおぢいさんが度々声がかすれながらふくろふのお父さんに云ひました。

「もうさうなっては仕方ない。お前は行って穂吉にそっと教へてやったらよからう、もうこの上は決してばたばたもがいたり、怒って人に噛《か》み付いたりしてはいけない。今日中誰《たれ》もお前を殺さない処を見ると、きっと田螺《たにし》か何かで飼って置くつもりだらうから、今までのやうに温和《おとな》しくして、決して人に逆《さから》ふな、とな。斯《か》う云って教へて来たらよからう。」

梟《ふくろふ》のお父さんは、首を垂れてだまって聴いてゐました。梟の和尚《をしやう》さんも遠くからこれにできるだけ耳を傾けてゐましたが大体そのわけがわかったらしく言ひ添へました。

「さうぢゃ、さうぢゃ。いゝ分別ぢゃ。序《ついで》に斯う教へて来なされ。このやうなひどい目にあうて、何悪いことしたむくいぢゃと、恨むやうなことがあってはならぬ。この世の罪も数知らず、さきの世の罪も数かぎりない事ぢゃほどに、この災難もあるのぢゃと、よくあきらめて、あんまりひとり嘆くでない、あんまり泣けば心も沈み、からだもとかく損《そこ》ねるぢゃ、たとへ足には紐《ひも》があるとも、今こゝへ来て、はじめてとまった処ぢゃと、いつも気軽でゐねばならぬ、となり、斯う云うて下され。あゝ、されども、されども、とられた者は又別ぢゃ。何のさはりも無いものが、とや斯う言うても、何にもならぬ。あゝ可哀さうなことぢゃ不愍《ふびん》なことぢゃ。」

お父さんの梟は何べんも頭を下げました。

「ありがたうございます。ありがたうございます。もうきっとさう申し伝へて参ります。斯《こ》んなお語《ことば》を伝へ聞いたら、もう死んでもよいと申しますでございませう。」

「いや、いや、さうぢゃ。斯うも云うて下され。いくら飼はれるときまっても、子供心はもとより一向たよりないもの、又近くには猫犬なども居ることぢゃ、もし万一の場合は、たゞあの疾翔大力《しっしょうたいりき》のおん名を唱へなされとな。さう云うて下され。おゝ不愍《ふびん》ぢゃ。」

「ありがたうございます。では行って参ります。」

梟のお母さんが、泣きむせびながら申しました。

「ああ、もしどうぞ、いのちのある間は朝夕二度、私に聞えるやう高く啼《な》いて呉《く》れとおっしゃって下さいませ。」

「いゝよ。ではみなさん、行って参ります。」

梟のお父さんは、二三度羽ばたきをして見てから、音もなく滑るやうに向ふへ飛んで行きました。

梟の坊さんがそれをじっと見送ってゐましたが、俄《には》かにからだをりんとして言ひました。

「みなの衆。いつまで泣いてもはてないぢゃ。ここの世界は苦界《くがい》といふ、又忍土とも名づけるぢゃ。みんなせつないことばかり、涙の乾くひまはないのぢゃ。たゞこの上は、われらと衆生と、早くこの苦を離れる道を知るのが肝要ぢゃ。この因縁でみなの衆も、よくよく心をひそめて聞きなされ。たゞ一人でも穂吉のことから、まことに菩提《ぼだい》の心を発すなれば、穂吉の功徳《くどく》又この座のみなの衆の功徳、かぎりもあらぬことなれば、必らずとくと聴聞《ちゃうもん》なされや。昨夜の続きを講じます。

　爾《そ》の時に疾翔大力《しっしょうたいりき》、爾迦夷《るかゐ》に告げて曰《いは》く、諦《あきらか》に聴け、諦に聴け。善《よ》く之《これ》を思念せよ。我今汝《なんぢ》に、梟鵄《けうし》諸《もろもろ》の悪禽《あくきん》、離苦解脱《りくげだつ》の道を述べんと。

　爾迦夷《るかゐ》、則《すなは》ち両翼を開張し、虔《うやうや》しく頸《くび》を垂れて座を離れ、低く飛揚して疾翔大力を讃嘆すること三匝《さんさふ》にして、徐《おもむろ》に座に復し、拝跪《はいき》して唯《ただ》願ふらく、疾翔大力、疾翔大力、たゞ我等が為《ため》にこれを説き給へ。たゞ我等が為に之を説き給へと。

　疾翔大力微笑して、金色《こんじき》の円光を以《もっ》て頭《かうべ》に被れるに、その光遍《あまね》く一座を照し、諸鳥歓喜充満せり。則ち説いて曰く、

　汝等《なんぢら》審《つまびらか》に諸の悪業を作る。或《あるい》は夜陰を以て小禽《せうきん》の家に至る。時に小禽既《すで》に終日日光に浴し、歌唄《かばい》跳躍して疲労をなし、唯唯甘美の睡眠中にあり。汝等飛躍して之を握《つか》む。利爪《りさう》深くその身に入り、諸の小禽痛苦又声を発するなし。則ち之を裂きて擅《ほしいまま》に噉食《たんじき》す。或は沼田《せうでん》に至り螺蛤《らかふ》を啄《ついば》む。螺蛤軟泥中にあり、心柔輭《にうなん》にして唯温水を憶《おも》ふ。時に俄《にはか》に身空中にあり、或は直ちに身を破る、悶乱《もんらん》声

を絶す。汝等之を噉食《たんじき》するに、又懺悔《ざんげ》の念あることなし。

斯《かく》の如《ごと》きの諸の悪業《あくごふ》、挙げて数ふるなし。

悪業を以ての故に、更に又諸の悪業を作る。継起して遂《つひ》に竟《をは》ることなし。昼は則ち日光を懼《おそ》れ、又人及《および》諸の強鳥を恐る。心暫《しば》らくも安らかなることなし。一度梟身《ひとたびけうしん》を尽して、又新《あらた》に梟身を得、審《つまびらか》に諸の患難を被《かうむ》りて、又尽くることなし。


で前の晩は、諸鳥歓喜充満せりまで、文の如くに講じたが、此《こ》の席はその次ぢゃ。則ち説いて曰くと、これは疾翔大力さまが、爾迦夷《るかゐ》上人のご懇請によって、直ちに説法をなされたと斯《か》うぢゃ。汝等審《つまびらか》に諸の悪業を作ると。汝等といふは、元来はわれわれ梟《ふくろふ》や鵄《とび》などに対して申さるゝのぢゃが、ご本意は梟にあるのぢゃ、あとのご文の罪相を拝するに、みなわれわれのことぢゃ。悪業といふは、悪は悪いぢゃ、業《ごふ》とは梵語《ぼんご》でカルマというて、すべて過去になしたることのまだ報《むくい》となってあらはれぬを業といふ、善業悪業あるぢゃ。こゝでは悪業といふ。その事柄を次にあげなされたぢゃ。或は夜陰を以て、小禽《せうきん》の家に至ると。みなの衆、他人事《ひとごと》ではないぞよ。よくよく自《みづか》らの胸にたづねて見なされ。夜陰とは夜のくらやみぢゃ。以てとは、これは乗じてといふがやうの意味ぢゃ。夜のくらやみに乗じてと、斯うぢゃ。小禽の家に至る。小禽とは、雀《すずめ》、山雀《やまがら》、四十雀《しじふから》、ひは、百舌《もず》、みそさざい、かけす、つぐみ、すべて形小にして、力ないものは、みな小禽ぢゃ。その形小さく力無い鳥の家に参るといふのぢゃが、参るといふてもたゞ訪ねて参るでもなければ、遊びに参るでもないぢゃ、内に深く残忍の想を潜め、外又恐るべく悲しむべき夜叉相《やしゃさう》を浮べ、密《ひそ》やかに忍んで参ると斯《か》う云ふことぢゃ。このご説法のころは、われらの心も未だ仲々善心もあったぢゃ、小禽《せうきん》の家に至るとお説きなされば、はや聴法の者、みな慄然《りつぜん》として座に耐へなかったぢゃ。今は仲々さうでない。今ならば疾翔大力《しっしょうたいりき》さま、まだまだ強く烈《はげ》しくご説法であらうぞよ。みなの衆、よくよく心にしみて聞いて下されや。

次のご文は、時に小禽既《すで》に終日日光に浴し、歌唄《かばい》跳躍して、疲労をなし、唯々《ただただ》甘美の睡眠中にあり。他人事《ひとごと》ではないぞよ。どうぢゃ、今朝も今朝とて穂吉どの処《ところ》を替へてこの身の上ぢゃ、」

説教の坊さんの声が、俄《にはか》におろおろして変りました。穂吉のお母さんの梟《ふくろふ》はまるで帛《きぬ》を裂くやうに泣き出し、一座の女の梟は、たちまちそれに従《つ》いて泣きました。

それから男の梟も泣きました。林の中はたゞむせび泣く声ばかり、風も出て来て、木はみなぐらぐらゆれましたが、仲々誰も泣きやみませんでした。星はだんだんめぐり、赤い火星ももう西ぞらに入りました。

梟の坊さんはしばらくゴホゴホ咳嗽《せき》をしてゐましたが、やっと心を取り直して、又講義をつゞけました。

「みなの衆、まづ試《ため》しに、自分がみそさざいにでもなったと考へてご覧《らう》じ。な。天道《てんとう》さまが、東の空へ金色《こんじき》の矢を射なさるぢゃ、林樹は青く枝は揺るゝ、楽しく歌をばうたふのぢゃ、仲よくあうた友だちと、枝から枝へ木から木へ、天道さまの光の中を、歌って歌って参るのぢゃ、ひるごろならば、涼しい葉陰にしばしやすんで黙るのぢゃ、又ちちと鳴いて飛び立つぢゃ、空の青板をめざすのぢゃ、又小流れに参るのぢゃ、心の合うた友だちと、たゞ暫《しば》らくも離れずに、歌って歌って参るのぢゃ、さてお天道さまが、おかくれなされる、からだはつかれてとろりとなる、油のごとく、溶けるごとくぢゃ。いつかまぶたは閉ぢるのぢゃ、昼の景色を夢見るぢゃ、からだは枝に留まれど、心はなほも飛びめぐる、たのしく甘いつかれの夢の光の中ぢゃ。そのとき俄かにひやりとする。夢かうつつか、愕《おどろ》き見れば、わが身は裂けて、血は流れるぢゃ。燃えるやうなる、二つの眼が光ってわれを見詰むるぢゃ。どうぢゃ、声さへ発《た》たうにも、咽喉《のど》が狂うて音が出ぬぢゃ。これが則《すなは》ち利爪《りさう》深くその身に入り、諸《もろもろ》の小禽《せうきん》痛苦又声を発するなしの意なのぢゃぞ。されどもこれは、取らるゝ鳥より見たるものぢゃ。捕る此方《こなた》より眺むれば、飛躍して之を握《つか》むと斯うぢゃ。何の罪なく眠れるものを、たゞ一打《ひとうち》ととびかゝり、鋭い爪《つめ》でその柔《やはらか》な身体《からだ》をちぎる、鳥は声さへよう発てぬ、こちらはそれを嘲笑《あざわら》ひつゝ、引き裂くぢゃ。何たるあはれのことぢゃ。この身とて、今は法師にて、鳥も魚も襲はねど、昔おもへば身も世もあらぬ。あゝ罪業《ざいごふ》のこのからだ、夜毎《よごと》夜毎の夢とては、同じく夜叉《やしゃ》の業をなす。宿業《しゅくごふ》の恐ろしさ、たゞたゞ呆《あき》るゝばかりなのぢゃ。」

　風がザアッとやって来ました。木はみな波のやうにゆすれ、坊さんの梟も、その中に漂ふ舟のやうにうごきました。

そして東の山のはから、昨日の金角、二十五日のお月さまが、昨日よりは又ずうっと瘠《や》せて上りました。林の中はうすいうすい霧のやうなものでいっぱいになり、西の方からあの梟《ふくろふ》のお父さんがしょんぼり飛んで帰って来ました。

※

旧暦六月二十六日の晩でした。

そらがあんまりよく霽《は》れてもう天の川の水は、すっかりすきとほって冷たく、底のすなごも数へられるやう、またじっと眼をつぶってゐると、その流れの音さへも聞えるやうな気がしました。けれどもそれは或《あるい》は空の高い処《ところ》を吹いてゐた風の音だったかも知れません。なぜなら、星がかげろふの向ふ側にでもあるやうに、少しゆれたり明るくなったり暗くなったりしてゐましたから。

獅子鼻《ししはな》の上の松林には今夜も梟《ふくろふ》の群が集まりました。今夜は穂吉が来てゐました。来てはゐましたが一昨日《をととひ》の晩の処にでなしに、おぢいさんのとまる処よりももっと高いところで小さな枝の二本行きちがひ、それからもっと小さな枝が四五本出て、一寸盃《ちょっとさかづき》のやうな形になった処へ、どこから持って来たか藁屑《わらくづ》や髪の毛などを敷いて臨時に巣がつくられてゐました。その中に穂吉が半分横になって、じっと目をつぶってゐました。梟のお母さんと二人の兄弟とが穂吉のまはりに座って穂吉のからだを支へるやうにしてゐました。林中のふくろふは、今夜は一人も泣いてはゐませんでしたが怒ってゐることはみんな、昨夜処《ゆふべどころ》ではありませんでした。

「傷みはどうぢゃ。いくらか薄らいだかの。」

あの坊さんの梟がいつもの高い処からやさしく訊《たづ》ねました。穂吉は何か云はうとしたやうでしたが、たゞ眼がパチパチしたばかり、お母さんが代って答へました。

「折角こらへてゐるやうでございます。よく物が申せないのでございます。それでもどうしても、今夜のお説教を聴聞《ちやうもん》いたしたいといふやうでございましたので。もうどうかかまはずご講義をねがひたう存じます。」

梟の坊さんは空を見上げました。

「殊勝なお心掛けぢゃ。それなればこそ、たとへ脚をば折られても、二度と父母の処へも戻ったのぢゃ。なれども健《すこや》かな二本の脚を、何面白いこともないに、捩《ねぢ》って折って放すとは、何といふ浅間《あさま》しい人間の心ぢゃ。」

「放されましても二本の脚を折られてどうしてまあすぐ飛べませう。あの萱原《かやはら》の中に落ちてひいひい泣いてゐたのでございます。それでも昼の間は、誰《たれ》も気付かずやっと夕刻、私が顔を見ようと出て行きましたらこのていたらくでございまする。」

「うん。尤《もつとも》ぢゃ。なれども他人は恨むものではないぞよ。みな自《みづか》らがもとなのぢゃ。恨みの心は修羅《しゆら》となる。かけても他人は恨むでない。」

　穂吉はこれをぼんやり夢のやうに聞いてゐました。子供がもう厭《あ》きて「遁《に》がしてやるよ」といって外へ連れて出たのでした。そのとき、ポキッと脚を折ったのです。その両脚は今でもまだしんしんと痛みます。眼を開いてもあたりがみんなぐらぐらして空さへ高くなったり低くなったりわくわくゆれてゐるやう、みんなの声も、たゞぼんやりと水の中からでも聞くやうです。ああ僕《ぼく》はきっともう死ぬんだ。こんなにつらい位ならほんたうに死んだ方がいゝ。それでもお父さんやお母さんは泣くだらう。泣くたって一体お父さんたちは、まだ僕の近くに居るだらうか、あゝ痛い痛い。穂吉は声もなく泣きました。

「あんまりひどいやつらだ。こっちは何一つ向ふの為《ため》に悪いやうなことをしないんだ。それをこんなことをして、よこす。もうだまってはゐられない。何かし返ししてやらう。」一疋の若い梟《ふくろふ》が高く云ひました。すぐ隣りのが答へました。

「火をつけようぢゃないか。今度屑焼《くづや》きのある晩に燃えてる長い藁《わら》を、一本あの屋根までくはへて来よう。なあに十本も二十本も運んでゐるうちにはどれかすぐ燃えつくよ。けれども火事で焼けるのはあんまり楽だ。何かも少しひどいことがないだらうか。」

　又その隣りが答へました。

「戸のあいてる時をねらって赤子の頭を突いてやれ。畜生め。」

梟の坊さんは、じっとみんなの云ふのを聴いてゐましたがこの時しづかに云ひました。

「いやいや、みなの衆、それはいかぬぢゃ。これほど手ひどい事なれば、必らず仇《あだ》を返したいはもちろんの事ながら、それでは血で血を洗ふのぢゃ。こなたの胸が霽《は》れるときは、かなたの心は燃えるのぢゃ。いつかはまたもっと手ひどく仇を受けるぢゃ、この身終って次の生《しゃう》まで、その妄執《まうしふ》は絶えぬのぢゃ。遂《つひ》には共に修羅《しゅら》に入り闘諍《とうさう》しばらくもひまはないぢゃ。必らずともにさやうのたくみはならぬぞや。」

けたたましくふくろふのお母さんが叫びました。

「穂吉穂吉しっかりおし。」

みんなびくっとしました。穂吉のお父さんもあわてて穂吉の居た枝に飛んで行きましたがとまる所がありませんでしたからすぐその上の枝にとまりました。穂吉のおぢいさんも行きました。みんなもまはりに集りました。穂吉はどうしたのか折られた脚をぷるぷる云はせその眼は白く閉ぢたのです。お父さんの梟は高く叫びました。

「穂吉、しっかりするんだよ。今お説教がはじまるから。」

穂吉はパチッと眼をひらきました。それから少し起きあがりました。見えない眼でむりに向ふを見ようとしてゐるやうでした。

「まあよかったね。やっぱりつかれてゐるんだらう。」女の梟たちは云ひ合ひました。

坊さんの梟はそこで云ひました。

「さあ、講釈をはじめよう。みなの衆座にお戻りなされ。今夜は二十六日ぢゃ、来月二十六日はみなの衆も存知の通り、二十六夜待ちぢゃ。月天子《ぐわってんし》山のはを出《い》でんとして、光を放ちたまふとき、疾翔大力《しっしょうたいりき》、爾迦夷《るかゐ》波羅夷《はらゐ》の三尊が、東のそらに出現まします。今宵《こよひ》は月は異なれど、まことの心には又あらはれ給はぬことでない。穂吉どのも、たゞ一途《いちづ》に聴聞《ちゃうもん》の志ぢゃげなで、これからさっそく講ずるといたさう。穂吉どの、さぞ痛からう苦しからう、お経の文とて仲々耳には入るまいなれど、そのいたみ悩みの心の中に、いよいよ深く疾翔大力さまのお慈悲を刻みつけるぢゃぞ、いゝかや、まことにそれこそ菩提《ぼだい》のたねぢゃ。」

梟の坊さんの声が又少し変りました。一座はしいんとなりました。林の中にもう鳴き出した秋の虫があります。坊さんはしばらく息をこらして気を取り直しそれから厳《いか》めしい声で願をたてから昨夜の続きをはじめました。

「梟鵄救護《けうしくご》章　梟鵄救護章

諸《もろもろ》の仁者掌《じんしゃて》を合せて至心に聴き給へ。我今疾翔大力《しっしょうたいりき》が威神力を享《う》けて梟鵄救護章の一節を講ぜんとす。唯《ただ》願ふらくはかの如来大慈大悲《にょらいだいじだいひ》我が小願の中に於《おい》て大神力を現じ給ひ妄言綺語《まうげんきご》の淤泥《おでい》を化《け》して光明顕色の浄瑠璃《じゃうるり》となし、浮華《ふくわ》の中より清浄《しゃうじゃう》の青蓮華《しゃうれんげ》を開かしめ給はんことを。至心欲願、南無仏南無仏南無仏。

爾《そ》の時に疾翔大力、爾迦夷《るかゐ》に告げて曰《いは》く、諦《あきらか》に聴け諦に聴け。善《よ》く之《これ》を思念せよ。我今汝に梟鵄諸《もろもろ》の悪禽《あくきん》離苦解脱《りくげだつ》の道を述べんと。

爾迦夷則《すなは》ち両翼を開張し、虔《うやうや》しく頸《くび》を垂れて座を離れ、低く飛揚して疾翔大力を讃嘆すること三匝《さんさふ》にして、徐《おもむろ》に座に復し、拝跪《はいき》して願ふらく疾翔大力、疾翔大力、たゞ我等が為《ため》にこれを説き給へ。たゞ我等が為にこれを説き給へと。

疾翔大力、微笑して金色《こんじき》の円光を以《もっ》て頭《かうべ》に被れるに、諸鳥歓喜充満せり。則ち説いて曰く、汝等審《つまびらか》に諸の悪業《あくごふ》を作る。或《あるい》は夜陰を以て小禽《せうきん》の家に至る。時に小禽既《すで》に終日日光に浴し、歌唄《かばい》跳躍して疲労をなし、唯唯甘美の睡眠中にあり、汝等飛躍して之を握《つか》む。利爪《りさう》深くその身に入り、諸の小禽痛苦又声を発するなし、則ち之を裂きて擅《ほしいまま》に噉食《たんじき》す。或は沼田《せうでん》に至り、螺蛤《らかふ》を啄《ついば》む。螺蛤軟泥中にあり、心柔輭《にうなん》にして唯温水を憶《おも》ふ。時に俄《にはか》に身空中にあり、或は直ちに身を破る、悶乱《もんらん》声を絶す。汝等之を噉食《たんじき》するに、又懺悔《ざんげ》の念あることなし。

悪業《あくごふ》を以ての故に、更に又諸の悪業を作る。継起して遂《つひ》に竟《をは》ることなし。昼は則ち日光を懼《おそ》れ又人及《および》諸の強鳥を恐る。心暫《しば》らくも安らかなることなし。一度梟身《けうしん》を尽して、又新《あらた》に梟身を得。審《つまびらか》に諸の患難を被《かうむ》りて、又尽くることなし。

で前の晩は、斯《かく》の如《ごと》きの諸の悪業、挙げて数ふることなし、まで講じたが、今夜はその次ぢゃ。悪業を以ての故に、更に又諸の悪業を作ると、これは誠に短いながら、強いお語《ことば》ぢゃ。先刻人間に恨みを返すとの議があった節、申した如くぢゃ、一の悪業によって一の悪果を見る。その悪果故に、又新なる悪業を作る。斯の如く展転して、遂《つひ》にやむときないぢゃ。車輪のめぐれどもめぐれども終らざるが如くぢゃ。これを輪廻《りんね》といひ、流転《るてん》といふ。悪より悪へとめぐることぢゃ。継起して遂《つひ》に竟《をは》ることなしと云ふがそれぢゃ。いつまでたっても終りにならぬ、どこどこまでも悪因悪果、悪果によって新に悪因をつくる。な。斯《か》うぢゃ、浮《うか》む瀬とてもあるまいぢゃ。昼は則《すなは》ち日光を懼《おそ》れ、又人及《および》諸の強鳥を恐る。心暫《しば》らくも安らかなることなし。これは流転の中の、つらい模様をわれらにわかるやう、直《ぢ》かに申されたのぢゃ。勿体《もったい》なくも、我等は光明の日天子《にってんし》をば憚《はゞ》かり奉る。いつも闇《やみ》とみちづれぢゃ。東の空が明るくなりて、日天子さまの黄金《きん》の矢が高く射出さるれば、われらは恐れて遁《に》げるのぢゃ。もし白昼にまなこを正しく開くならば、その日天子の黄金の征矢《そや》に伐《う》たれるぢゃ。それほどまでに我等は悪業《あくごふ》の身ぢゃ。又人及諸の強鳥を恐る。な。人を恐るゝことは、今夜今ごろ講ずることの限りでない。思ひ合せてよろしからう。諸の強鳥を恐る。鷹《たか》やはやぶさ、又さほど強くはなけれども日中なれば鳥などまで恐れねばならぬ情ない身ぢゃ。はやぶさなれば空よりすぐに落ちて来て、こなたが小鳥をつかむときと同じやうなるありさまぢゃ、たちまち空で引き裂かれるぢゃ、少しのさからひをしたとて、何にもならぬ、げにもげにも浅間《あさま》しくなさけないわれらの身ぢゃ。」

梟《ふくろふ》の坊さんは一寸《ちょっと》声を切りました。今夜ももう一時の上《のぼ》りの汽車の音が聞えて来ました。その音を聞くと梟どもは泣きながらも、汽車の赤い明るいならんだ窓のことを考へるのでした。講釈がまた始まりました。

「心暫《しば》らくも安らかなることなしと、どうぢや、みなの衆、たゞの一時《いつとき》でも、ゆっくりと何の心配もなく落ち着いたことがあるかの。もういつでもいつでもびくびくものぢや。一度梟身《ひとたびけうしん》を尽して又新《あらた》に梟身を得《う》と斯《か》うぢや。泣いて悔やんで悲しんで、つひには年老《と》る、病気になる、あらんかぎりの難儀をして、それで死んだら、もうこの様な悪鳥の身を離れるかとならば、仲々さうは参らぬぞや。身に染み込んだ罪業《ざいごふ》から、又梟に生れるぢや。斯《か》の如《ごと》くにして百生《しやう》、二百生、乃至劫《ないしこふ》をも亙《わた》るまで、この梟身を免れぬのぢや。審《つまびらか》に諸の患難を蒙《かうむ》りて又尽くることなし。もう何もかも辛《つら》いことばかりぢや。さて今東の空は黄金《きん》色になられた。もう月天子《ぐわつてんし》がお出ましなのぢや。来月二十六夜ならば、このお光に疾翔大力《しつしようたいりき》さまを拝み申すぢやなれど、今宵《こよひ》とて又拝み申さぬことでない、みなの衆、ようくまごゝろを以て仰ぎ奉るぢや。」

二十六夜の金いろの鎌《かま》の形のお月さまが、しづかにお登りになりました。そこらはぼおっと明るくなり、下では虫が俄《には》かにしいんしいんと鳴き出しました。

遠くの瀬の音もはっきり聞えて参りました。

お月さまは今はすうっと桔梗《ききやう》いろの空におのぼりになりました。それは不思議な黄金《きん》の船のやうに見えました。

俄かにみんなは息がつまるやうに思ひました。それはそのお月さまの船の尖《とが》った右のへさきから、まるで花火のやうに美しい紫いろのけむりのやうなものが、ばりばりばりと噴き出たからです。けむりは見る間にたなびいて、お月さまの下すっかり山の上に目もさめるやうな紫の雲をつくりました。その雲の上に、金いろの立派な人が三人まっすぐに立ってゐます。まん中の人はせいも高く、大きな眼でじっとこっちを見てゐます。衣のひだまで一一はっきりわかります。お星さまをちりばめたやうな立派な瓔珞《やうらく》をかけてゐました。お月さまが丁度その方の頭のまはりに輪になりました。

右と左に少し丈の低い立派な人が合掌して立ってゐました。その円光はぼんやり黄金《きん》いろにかすみうしろにある青い星も見えました。雲がだんだんこっちへ近づくやうです。

「南無《なむ》疾翔大力《しつしょうたいりき》、南無疾翔大力。」

みんなは高く叫びました。その声は林をとゞろかしました。雲がいよいよ近くなり、捨身菩薩《しゃしんぼさつ》のおからだは、十丈ばかりに見えそのかゞやく左手がこっちへ招くやうに伸びたと思ふと、俄《にはか》に何とも云へないいゝかをりがそこらいちめんにして、もうその紫の雲も疾翔大力の姿も見えませんでした。たゞその澄み切った桔梗《ききやう》いろの空にさっきの黄金《きん》いろの二十六夜のお月さまが、しづかにかかってゐるばかりでした。

「おや、穂吉さん、息つかなくなったよ。」俄に穂吉の兄弟が高く叫びました。

ほんたうに穂吉はもう冷たくなって少し口をあき、かすかにわらったまゝ、息がなくなってゐました。そして汽車の音がまた聞えて来ました。

狐に化された話

土田耕平

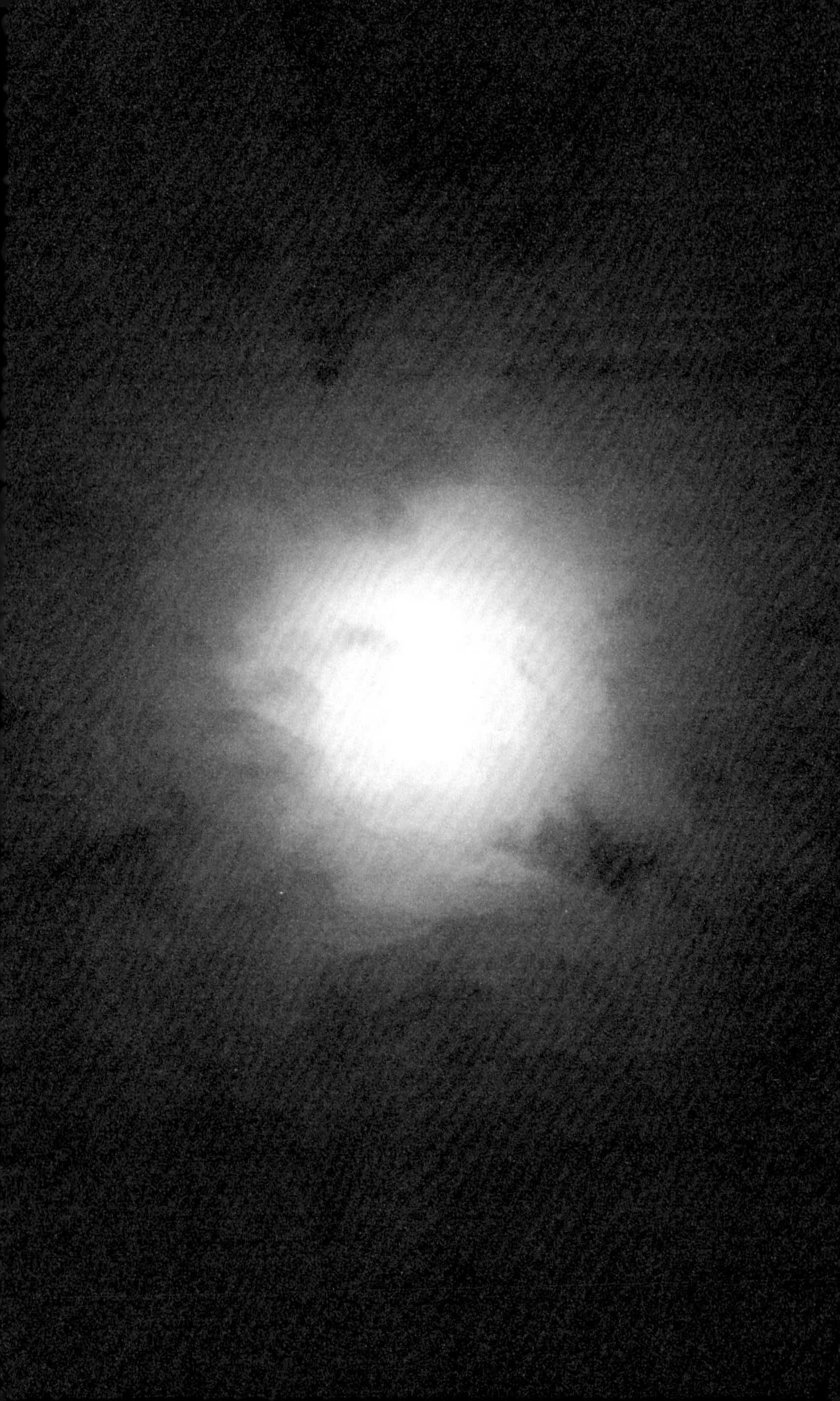

枕《まくら》もとの障子に笹《ささ》の葉のかげがうつりました。

「太郎《たらう》や、お月さまが出ましたよ。」

とおばあさんが云《い》ひました。太郎さんは顔をあげて、おもしろく模様形をした笹《ささ》の葉のかげを、しばらく見てゐましたが、

「障子をあけて見ようかね、おばあさん。」

「いゝえ、外は寒いからこのまゝがいゝよ。」

秋の夜は早く更けてこほろぎの声がほそ〳〵とひゞいてゐます。太郎さんとおばあさんは、一つ夜具の中に枕《まくら》をならべて寝て居るのであります。障子にさす月あかりが、ほんのりと白く二人の顔を浮き出すやうに見せてゐます。やがて太郎さんは、

「おばあさん、何か話をして！」

「まあお待ち、今考へてゐるところだよ。」

とおばあさんは障子の方へ向けてゐた目を太郎さんの顔へ移し、

「今夜はちつと恐《こは》い話をして聞かせようぞ。」

「恐《こは》い話ならなほおもしろいや。」

「よし〳〵それでは狐《きつね》に化《ばか》された話をせう。」

「狐に？　誰《だれ》が化されたの」

「おばあさんが。」

「おばあさんが化された？　ほんたうなの？」

「ほんたうとも、まあお聞き。」

それからおばあさんは、つぎのやうな話をなさいました。

それは太郎さんが生れるずつと前、おばあさんがまだ若い頃《ころ》のことであります。

「丁度今夜のやうにお月さまのあかるい晩、お湯のかへり道で化されたのだよ。」とおばあさんは云ひました。

お湯といふのは、太郎さんの村には田圃《たんぼ》中から自然に湧《わ》き出る湯があつて、それに粗末な小屋掛けをして村の人たちは入りに行くのでありました。農家のことですから昼のうちは野良仕事がいそがしい。お夕飯をすましてからみな呼びかはして入りに行きます。おばあさん達《たち》女づれは、大てい夜おそく寝がけに行くことにしてゐました。

その晩は近所の誰彼《たれかれ》さそひあはせて五六人づれで出かけました。夜ふけのことでお湯はもうすき／〵してゐました。おばあさん達はゆつくりと身体《からだ》をのばして湯槽《ゆぶね》にひたりました。湧《わ》き出る湯の量が多いから、町の洗湯のやうに垢汚《あかよご》れのしてゐることはありません。こぼ／＼と湯尻《ゆじり》の落ちる音からして、いかにも新らしい匂《にほ》やかなこゝろもちです。

湯殿の天井には行燈《あんどん》がつるしてありますが、その晩は窓からさしこむ月の光の方があかるい位でした。おばあさん達は世間話などしながら思はず長湯をして、お湯を出た時は大分夜がふけてゐました。空にはお月さまが高く登つてをります。田圃《たんぼ》の稲は色よく熟して、夜露にしつとりと濡《ぬ》れて、何ともいへぬ静かな深い秋のながめであります。

お湯から村までは十町ばかりの道のりでした。その間、石ころの多い一本道が田と田の間をまがりくねつて続いてをります。道は幅二三尺しかありませんから、一人が先へ立ち、あとへ／＼とつづいて行くのでした。おばあさん達は、お湯の中でずゐぶんお饒舌《しやべり》をしたあとなので、皆黙りこんでこつ／＼歩いて行きました。

と、道の中ほどまで来ました時、ゴウ／＼とはげしく水の流れる音が行手をさへぎつて聞えました。みな立ちどまりました。こんな所に川はなかつた筈《はず》、どうしたのだらうかといぶかしく思ひました。川の音はすぐそこにひゞいてゐますが目には何も見えません。たゞもう真暗闇《まつくらやみ》です。

「道をまちがへたやうですね。提灯《ちやうちん》を持つて来ればよかつた。」

と一人がやがて口をひらきました。

「でも今夜はお月夜だつたでせう。」

と一人が云ひました。さうです。今し方まで昼のやうにあかるくお月さまが照してゐたのです。みな気味がわるくなりました。お互に手と手をとりあつて、闇《やみ》の中を見すかしながら、どうしようかと途方にくれてをりました。川の音は、ます〳〵はげしくひゞいてゐます。

「かまはない、歩いて見ませう。」

と誰かが云ひました。みな手をつないだまゝ一足々々と前へ進みました。そして一番先に立つた一人が、川のひゞいてゐる上へ一足踏みおろすと一所に、そのひゞきはぴつたり止《や》んでしまひました。そこには川も何もなくて、闇《やみ》の中にほんのりと道すぢが見えて来ました。

ヤレよかつた、と思ふまもなく、こんどはゴロ〳〵と雷がなり出しました。たちまち盆をくつがへしたやうな雨がザアツと降つて来ました。丁度道ばたに藁小屋《わらごや》がありましたので、みなその中へ駈《か》けこみました。雷は鳴りひゞく、電《いなづま》はピカリ〳〵とひらめく、大へんな空もやうになりました。今ごろ夕立のする時節ではなし変だと思ひましたが、誰も口に出して云ふ人はありません。女づれのことで、たゞもう恐ろしさにうちふるへてゐました。こんな時むやみと歩かうものなら、溜桶《ためおけ》の中へでもはまり込むのが落《おち》です。口々にお題目など唱へながら小屋の中で時をすごしてゐました。

やがて、しばらくして、この大降りの雨の中を、傘《かさ》をさしてスタスタこちらへやつて来る人があります。

「誰か迎へに来てくれたのだ。」

とみな飛びたつやうにして小屋の口へ出て見ました。それは村の権兵衛《ごんべゑ》さんでした。たくさんの傘を抱きかゝへてをりますので、みな、

「ありがたう〳〵。」

と云ひながら権兵衛さんの手から一本づつ傘を受けとりました。

その時おばあさんは、みなのうしろの方にゐましたが、ソツと下駄《げた》をぬいで手に持ちました。そして、権兵衛さんから傘を受け取る風をしながら、ふいにその下駄《げた》で、権兵衛さんの肩のあたりを力一ぱい打ちました。すると権兵衛さんは、

「キヤン！」

と一声鳴いて姿が消えてしまひました。みんな驚いておばあさんの顔を眺《なが》めました。おばあさんは、

「まあ外へ出てごらんなさい。」

と云ひました。

雨はすつかり晴れてお月さまが昼のやうに照りとほしてゐます。そして、ふしぎなことには、あれほど雨が降つた筈《はず》なのに道が少しも湿つてをりません。気がついて見ますと、傘だと思つて手に持つてゐたのは短い棒切でした。さてこそ狐の仕業だつたとみな悟りました。

「あなたはどうして権兵衛さんが狐だと気づきましたか。」

と尋ねられて、おばあさんはかう答へました。

「でも権兵衛さんの顔があまりはつきり見えましたから。あの暗闇《くらやみ》の中でね。」

笹《ささ》の葉の影が障子の裾《すそ》の方へ低くなりました。お月さまが高くなつたのです。

「さあ今夜はこれでお眠りよ。」

とおばあさんが云ひました。太郎さんは目をつぶりました。

やがて夜行列車が裏のお山にこだまして通りすぎました。汽車が通るやうになつてから、太郎さんの村では、狐に化された話など全く聞かなくなりました。お湯は今なほ湧《わ》き出てをります。そして昔の板小屋は、今は立派な煉瓦《れんぐわ》づくりに変りました。太郎さんの安らかな寝息を聞きながら、おばあさんはなほ暫《しば》らく障子の月かげをながめてをりました。

森の暗き夜

小川未明

一

女はひとり室《へや》の中に坐って、仕事をしていた。赤い爛《ただ》れた眼のようなランプが、切れそうな細い針金に吊下《ぶらさが》っている。家の周囲には森林がある。夜は、次第にこの一つ家を襲って来た。

森には、黒い鳥が棲んでいる。よく枯れた木の枝などに止まっているのを見た。また白い毛の小さな獣物《けもの》が、藪に走って行くのを見た。枯木というのは、幾年か前に雷が落ちて、枯れた木である。頭が二つの股に裂けて、全く木の皮が剥げ落ちて、日光に白く光っていた。この枯木の周囲には、青い、青い、木立が深く立ち込めていた。しかし、この一本の木が枯れたため、森に一つの断れ目《き》が出来て、そこから、青い空を覗うことが出来る。

女が、白い獣物を見たのは、円い形をした藪から、飛び出て、次の藪へ移るところであった。そこへ立ち寄ると、平地に倒れた草が、刎《は》ね返り、起きあがる所であった。鮮かな、眩《まぶ》しい朝日が、藪の青葉の上にも、平地にも、緑色の草の上にも流れている。

森から出た日は、また森の中に落ちて行く。ちょうど、重い鉄の丸《たま》が、赤く焼け切っているように奈落《ならく》へと沈んで行く。壁一重《ひとえ》隔てた、森が沈黙している。怖しい、暗い夜の翼が、すべての色彩を腐らし、滅《ほろぼ》して、翼たゆく垂れ下がって、森の頂《いただ》きと接吻《せっぷん》したらしい。

女は、やはり下を向いて仕事をしていた。

「今晩は！」……女は、手を止めて頭を上げた。三面は壁である。東の方だけ破れた障子が閉っている。ちょうど、鑿《のみ》で、地肌を剥《むし》り取ったように夜の色が露出していた。

女は、また下を向いて仕事に取りかかった。赤い爛れた目のようなランプが、油を吸い上げるので、ジ、ジー、ジ、ジー呻《うな》り出した。

二

片隅の埃に塗《まみ》れた棚の上に、白い色の土器《かわらけ》が乗っていた。いつそこに置かれたのか分らない。土器は、沈黙して、「時《タイム》」の流れから外に置かれたことを語っていた。気の抜けたような白色が、前の世の、人間が用いていた匂いがする。

女の、頭髪《かみのけ》が、赤茶けて見える、女は、東の方の破れた障子に向いて仕事をしている。

「今晩は。」……と力ない、頼むような声がした。

女は、前の仕事を押しのけて、熱心に耳を傾けた。壁の方を見て茫然とした。壁の一面は黄いろく、二面は灰色に塗ってあった。

女は、立って破れた障子を開けた。黒い幕を張り詰めて、金紙の花を附けたように、数えるほどの星が出ている。暗い森には風すらなかった。

「今晩は、私を泊めて下さい。」

と、一人の男が、女の前に立った。

赤い爛れた眼のような火影《ほかげ》が、女の薄紫色の厚い唇と、男の毛虫のような太い眉毛の上に泳ぎ付いた。

女は、また東を向いて仕事をしていた。三方の黄と灰色の壁が、見慣れぬ男が入ったので、茫然とした視力を見張った。ランプは、一層《いっそう》声を高く、ジ、ジーといって油の尽きるのを急ぐようだ。そうなれば、夜が明ける。今まで、変りのなかった家に、今夜、始めて変りのないようにと火影が、幾度か瞬《またた》いた。ひとり、白い土器ばかりは、いつそこに置かれたかということを自分ながら、永遠の問題として考えている。

三

その他、家に、森に、何の変動もなかった。やはり、暁の光りは、心地よげに破れた障子の穴をくぐって来た。森の頂きは、美しく紅く染《そま》った。

あくる晩、女はいつものように東の障子に向って仕事をしていた。ほんのりと月の光りが射し込んで来る。森に吹く風の、かすかな音が聞える。小鳥が巣を求める夜啼《な》きの声がする。いつも女は、下を向いていてそれらのものには気付かなかった。今宵、始めて女は、手を休めて耳を傾けた。葉と葉の摺《す》れる音、そこには、今まで、聞えなかった柔《やさ》しみがある。どうして、樹はこんな美妙の音を出すであろうか。月が、深い、深い、葉の繁みを分けて奥深く入り込む、そのまた後を追いかけて第二の風が入って行く。それらの風が、この清新な葉の褥《しとね》の中に追い廻《めぐ》り、追い駆け、狂って、再び奥の繁みから、左に抜け右に抜け、ある者は、どっと森を突き貫けて、更に月の青白く照る野を掠《かす》めて、どこかに行ってしまう。その風の音が自分に接吻を求める叫びのように聞える。女は、月を見て空想に耽《ふけ》った。青い月の光りは障子の破れから射して、棚に乗っている白い土器を晒《さら》していた。誰がいつ、そこに土器を置いたか？　ただ物を言わぬ土器が、青白く彩られて、黙っていた。

女は、慌しげに仕事に取り縋《すが》る。風の音、森の囁《ささや》き、小鳥の巣を求める声、月は、次第に明るくなった。女は、遠くで、水の流れる音を聞きつけた。その流れは、湧き出る泉の音である。月下に白く銀を砕いて、緑の草を分けて、走っている水の音である。女は、未だ曾《か》つてかかる流れを、この森の中に見出したことがなかった。しばらくその水音に耳を傾けて、仕事をやめていた。心は、水音と共に連なり、流れに乗って暗い、森の下、赤い花、白い花の蔭をくぐって遂に森に出た。遥々《はるばる》と夢を見る気持で、どことなく流れて行く、高い塔、赤い煉瓦《れんが》造りの家、光る海……それらを見ることが出来た。……

女は、座に居堪《いたたま》らず立上って、障子を開けた。鎌のように冴えた月が、枯れた木の枝にかかっている。やがて、青葉を縫って、青い月光は地平線にかしいだ。

まだ、女は平日《ふだん》の半分だも仕事をしていなかった。赤い爛れた目のようなランプは、月のなくなると共に再び暗い室を占領した。女は昨夜のように、東に向って、下を向いて仕事にとりかかった。四辺《あたり》は静かだ。暗い夜は、森の上に垂れ下がって、小鳥は夜の翼の下に隠れて眠ってしまったらしい。

「今晩は。」……女は、手を止めて頭を上げた。

ただ黒幕を張ったような室。金紙で作った花を貼り付けたように数えるばかりの星。森は黙って浮き出している。そこに恋しい人影がなかった。

四

あくる日、女は森に入って昨夜聞いた泉を探して歩いた。繁った青葉は、下の草を一層濃く青く染めた。

女の顔も、着物の色も、上の青葉の色が照り返って青かった。

女は、柔らかな夢を見ている草の上に坐って耳をそばだてた。微かな風の音。ひらひらと舞う青葉の光り。葉と葉とが摺れ合って、心地よい歌をうたっていた。

女は、男が来てから不思議のことが多い。聞かなかった泉の音を聞く。分らなかった風の色が見える。

この時、はたはたと聞き慣れぬ鳥の羽叩《はばた》きの音がした。振り向くと、赤い毛に紫の交った大きな鳥が二羽、高い木の上に巣を作っていた。巣は、黒く、ある所は灰色に光りを帯《お》んで、枝と枝との間に懸《かか》っている。巣からは、黒い乱れた女の髪の毛のようなものが、中空に垂れ下がってなびいている。海の上に漂っている藻屑《もくず》に似ていた。女は、黒い髪の毛を見ると、この鳥が、どこから、それを啣《くわ》えて来たかと考えた。

この、深い森の奥には、他の女の死んだ死骸が捨てられているのでないか。肉が朽ち、顔や、目や、鼻が腐《ただ》れ、崩れて、悪臭を放っている。そこへこの、赤と紫との混り毛の鳥が行って、腐れた頭から、これらの髪の毛を抜き取って来るのでないか？　この森のどこかで女が死んでいるのでないか？

女は、訪ねて来た盗賊のことを思い出した。あの男は、他でも女を嚇《おど》かして、女を辱《はずか》しめて、殺して捨てて来たのだろう。そう考えると、傍に鬼あざみの花が毒々しく咲いている、その色合が、あの男の頬や唇の色によく似ていたと思った。

けれど、鬼あざみを摘んで、それに熱い接吻をしている女の唇はもっと紫色であった。巴旦杏《はたんきょう》の熟したような色であった。女はじっとその鬼あざみを見て、華やかに笑ったのである。

この時、巣を作っている鳥が、怪しな声で啼いた。尾は長く、垂れて、頭の上に届きそうだ。鳥の拡げた翼の紅は、柔らかな、つやつやしい、青葉の光りに映った。鳥の長い頸《くび》は、曲線的にS形に空を仰いで、思い切った、張り詰めた声で啼いた。女は、この啼声を聞いた時、自分の腹でも、怪しくそれと啼き合した声がある。

五

「今晩は。」……この声を、もう一度聞いて見たい。女は懐かしくて堪らなくなった。女は、あくる日も、その鳥の巣を作っているのを見た。そして、その怪しな啼声を聞いた。

腹の中で、それと啼き合す、怪しな啼声を聞いた。

青と青とが摺れ、緑と緑とが蒸し合い、加えて紫の花の激しき香気。いずれもそれらは水を望んでいる。清らかな、日に輝いて、妙《たえ》なる歌をうたって流れている水に渇《かっ》している。唇の紫の女も水に渇している。女は、もはや、森を奥深く分けて進むに堪えなかった。激しい日光《ひかり》は緑の葉に燃えている。草を踏むと身が蒸されるようにむうっとなった。青葉に輝く日光と風を見ると、眼が眩《くら》んで来た。白い花、紫の花、目を射るように、等しく日光に輝いていた。

ある日、女は、森に来て、かの怪しな鳥が、倦怠《だる》そうに大きな、光沢のある、柔らかな翼を、さも持てあまして、二羽が、互に縺《もつ》れ合って巣を作っているのを見ていた。長い曲線的の頸は頸と絡み合っている、長い尾は、旗の如く風に翻《かえ》っている。ただそこに異った、険《けわ》しげな眼と、柔和の眼とが光っていた。今、下になって、さも疲れたように枝に掴まって、ぐったりとしている眼の柔和な鳥をば、雌鳥だと思った。雄鳥は、今、巣の下に仰向《あおむけ》になって、なにやらを巣の中に押し入れている。海の藻草のような、女の頭髪のような、ひらひらとしたものは、半分切れて、下の枝にかかっていた。なぜだか、鳥は、それをそのままにして拾い上げなかった。残りの半分は、僅《わずか》ばかり、もとのように風になびいていた。

空は、円《まる》く、悠然と垂れ下がっている。どこまで深さのあるものか、分らない。淡い、緑と青とが南と北とによって違っている。海鳥の胸毛のような、軽い、白い雲が、飛んでいる。巣を作っていた鳥は、けたたましく啼いた。女の腹の啼声も、けたたましくそれに応《こた》える。

女は、刺されるような痛みと、震いとを感じた。

枝の、緑色の芽を摘んで、じっとそれに見入って、女は涙ぐんだ。

六

森に、秋が来た。怪しな啼声のする、紫と赤の混毛《まじりげ》のある鳥はどこにか去った。この鳥の雛は、親鳥と共に南方の、赤い花の咲いている、温かな国を慕って飛び去った。葉の色が黄いろくなった。頭髪のような、黒い毛の垂れ下がっている鳥の巣は、青い、澄み渡った空の下にひらひらと懸っていた。雨の降るたびに黄色な葉が、はらはらと落ちた。中には茎の長い、黒く腐ったのが、ずるりずるりと抜髪のようになって枝から落ちた。

雷のために裂かれた木は、夕陽に赤く色どられて立っている。風は悲しく叫び、雨は女の涙をいくたびか誘った。いつの間にか、白い雪が降って来た。白いけものの、夜半に啼く声が聞えた。黒い鳥が、どんよりとした空の下に飛び廻って、林から林へ、白い雪の上にも、木の枝にも、止まっているのが見えた。

やがて、冬が去った。

女は、やはり東を向いて、下を向いて仕事をしている。障子は、鑿《のみ》で、上皮の薄膜を剥ぎ取って、中から夜の黒い地肌を露出したように無残に見えた。

森は、いつしかまた重い、青と緑に色どられた。夜の暗黒な翼が、次第に下へ下へと落ちて来た。

いつしか黒い森の頂きと接吻《せっぷん》する。啼いていた小鳥は、夜の、黒色の翼の下に隠れて眠ってしまった。

今、赤い爛れた目のような、ランプの下に坐っている女は、一人でなかった。背に、小さな乳飲児《ちのみご》を負っていた。子供は、すやすやと眠っている。力なげなランプの光りが、ここまで達しなかった。

その児は痩せている。口が尖っている。呼吸をする毎に、胴腹の骨が、ぴくりぴくりと浮き出て、また引込んだ。眼は大きく、皿を歛《は》めたように飛び出ていた。頭髪は、幾十本か、数える位しか固まって生えていなかった。口は大きくて、開いている。この世界の空気が堅くて、吸うのが困難のように見受けられた。胴より、割合に大きな頭が、女の背に投げ出されている。

七

この貧弱な体を、黒い、強い縄で縛ったようだ。細い紐は母親の体に括《くく》り付けている。呼吸をするたびに、弱々しい胴骨がびくりびくりと暗《やみ》に浮き上るようだ。

女は、黙って下を向いて仕事をしている。後姿を見ると、赤茶けた頭髪が、ランプの光りを受けて、衰えた光りを反射していた。ランプの光りは、また紫色の唇にも達している。もはや昔のように厚くはない。眼も、しょんぼりとして頬の肉も削《そ》げてしまった。ただ、怪しな鳥の雄がちょうどこんな険しい眼付をしていた。

紫色の唇は、凋《しぼ》んだ花のようだ。削げた頬の感じは、秋の黄ばんだ色を想い出さした。女は、今眼ばかり働いている。眼ばかり活きている。

夜が更けた。風は、再び昔の如く女と無関係に吹いていた。泉の音は、女になんの反響も与えない。女は、耳を凝らして風の音を聞いている。そして、自然のすることを冷笑《あざわら》った。

青桐《あおぎり》の葉は、ばたばた鳴って女の坐っている窓の前で、黒い、大きな、掌と掌とが叩き合って夜の暗《やみ》を讃美する。黒い掌の鳴る方に当って、森の腐れから、孵化《ふか》した蚊が幾万となく合奏し始めた。蚊の一群は、青桐の中頃に集って歌った。「血に飢えた、血に飢えた、獣物の肌の臭いがする。肉に吸い付いて、腹が赤く、酸漿《ほおずき》のように腫れ上るまで生血を吸いたい。」……他の一群は青桐の下枝に集った。風が来て、葉が戦《おのの》くたびに固まった。一団は、鞠《まり》のようにあちらへ転じ、一団はこちらへと転って来る。そして彼等は歌った。

「生温い夜、赤味と紫色を帯びた夜の色。この世界が皆、血色に関聯《かんれん》する。赤錆の出た、平《たいら》な、一枚の鉄板《てっぱん》のような夜の世界、その色は、断頭台の血に錆びた鉄の色に似ている。惨酷《ざんこく》な料理をする……。吾らは、夜の色を讃美する。」

空の色が全く暗に塗られた時、彼らは勝手に分れた。ある者は森の野獣の血を吸おうと、青葉の下を潜って、森の中に入った。ある者は、一つ一つ障子の破れ目を、くぐり込んで、この痩せた児と女の血を吸おうと入った。

赤い爛れた目の色に似ているランプは、この小さな侵入者を見張ることが出来なかった。疲れた、黄、灰色の壁は、漠然としていて、この侵入者の休み、止る所となった。蚊の腹からは血が滴《したた》りそうになって、灰色の壁に触れている。もはやこれらの壁は、威嚇する力も持たない。蚊の吸った血に汚されるに委《まか》した。

小さな侵入者は、女の身の周囲《まわり》を取巻いた。女は、仕事をせなければならぬ。蚊は、女の薄い着物の上から刺した。子供の痩せた両足に黒くなるほど止った。競争して、この貧児の血を吸い尽くしてしまおうとした。

疲れた、物憂い眠りから醒めて子供が火のように泣き立てる。けれど、黒い縄は、子供の体をしっかりと結び付けていて、子供は足を動かすことすら出来なかった。飢えている蚊は、瞬間も血を吸うことを止めなかった。子供はもがこうとして動くことが出来ない。見る間に痩せた両足は、藪で育った侵入者の貯えきっていた毒針で、太く、重く、淡紫色に腫れ上った。けれど、鋭い口は、肉と肉とを分けて、なお深く喰い込んでいた。子供は、火のように泣き立てている。その声は、力の弱いので、腹の飢えているので、体の病身なので、いつしか衰えて来た。

女は、やはり下を向いていた。両方の眼が子供の泣声と、蚊の襲撃とで、益々《ますます》険しく輝いた。怒り、恨み、悪《にく》み、それが一点に火となって輝いたのである。彼女は手を廻して、子供の病的な頭を打った。

八

柔らかな、潤《うるお》いの乏しい、大きく開いた子供の眼は、曈々《とうとう》として上る朝日の光りを避けた。真昼の光りでさえ、この弱い子供の眼は、瞳に映るのを怖れている。昼の恐怖についで、怖しいものは夜の恐怖であった。

この児は、昼と夜とのいずれにも育たない児だ。更に深い夜、更に暗い世界でなければ、この児の弱い眼は、外光の刺戟に堪えられない程であった。けれど、生きているうちは、また饑《うえ》を感ぜずにはいられない。子供は女に乳をねだった。

「やかましいよ。お前にかまっていられるかい。」

女はこう言って、やはり下を向いている。子供の身の廻りには、黒い、細い、強い縄が取り払われた時がなかった。物を言い得ない子供は、ただ泣いて饑を訴えたのである。空しき努力であった。泣けば泣くほど饑を感じた。そして、声もいつしか洞《か》れてしまう。大きな頭が、その胴と釣合の取れぬ病的な重さのために、ぐたりと垂れて、柔らかな、弱々しい眼が瞬きもせずにぼんやりと開いている。子供は、たまたま、こんなに泣いて泣いて泣き疲れた揚句《あげく》に、棚の上に乗っている白い土器を見た。そして、微かな笑いを立てた。

子供は、しっかりと女の背に負わされていながら、手を伸ばして土器を取ろうとした。ある時、女は、児の差し出した手を邪魔だといって叩いた。

遂に子供は、棚にあった土器を持たずに死んだ。生れてから一年と経たぬ間にこの世を去ってしまった。

女がこの死児を森に葬った日は、風があった。湿気を含んだ空気は、沈鬱《ちんうつ》に四辺《あたり》を落着かせた。高く秀《ひい》でた木の枝が、風に撓《たわ》んで、伏しては、また起き上り、また打ち伏していた。他の低い木の枝は、右に泳ぎ、左に返っていた。雲は、白く、幾重にも重なっていた。

高い木のなびく、頂きには、青い空が綻《ほころ》びている。かの夕陽に赤く色づき、朝日に照り返って輝く、皮の剥げた枯木の老幹《ろうかん》は、白くなって、青々と繋った林の中から突き出て見えた。

女は、何の木とも知らぬ、白い花の咲いている木の下に穴を掘った。そこには黒い布に包まれた死児が草の上に横たえられた。女は、掘りかけて鍬《くわ》をそこに捨てて休んだ。湿《しめ》っぽい風は女の油気のない、赤茶けた髪をなぶって吹いた。木々の葉は、冷笑《あざわら》うように鳴っていた。

女は、頬の肉が落ち、唇は堅く黒く凋んでしまった。掘り返された土が濡れていた。穴には、日の光りすら覗かない。この湿った土の中に、この児は埋められてしまう。そして、湿った土は、遂に日の光りに晒されずに再び旧《もと》の如く隠されてしまう。死んだ児は、地を透して日の光りを見ることがない。湿気に埋まって自ずと腐って行くのだ。掘り返された時、青葉にかかった土は、ばらばらと葉をすべり落ちて、穴の中に帰った。

餓えた時に乳を求めた児である。それをやらずに叱った女である。白い土器が欲しいと笑って手を出した児である。その手を叩いた女である。児は、長えに《とこしな》眠ってしまった。再び泣きはしない。このまま静かに地の中に入って眠るのだ。女は、木の葉の動くのを見て別に涙も出さなかった。女は、鍬を採った。力を入れて三尺ばかり掘って、穴の中に黒い布で包んだ子供を入れた。子供の痩せた足が、布の外に露《む》き出た。足には、蚊の刺した痕が赤くなっている。ちょうど苺のように紅く腫れていた。女は、子供を穴から掴み出した。南を枕にして入れて見た。穴が狭くて、のびのびと足を長くすることが出来ない。今一度、子供の死骸を取り出して西を枕にして足を縮めさせて押し込んだ。そして、頭から土をどっと掻き落した。

死んだ児は、遂に埋められた。女は森を出て家に帰った。

九

赤い爛れた目のようなランプの下で、女は東を向いて、仕事をしている。ランプはジ、ジー、ジ、ジーと鳴り出した。夜は、次第に深くなった。力のない目を見張ったような灰色の壁はぼんやりとしている。白い土器はいつ、そこに置かれたか永遠の問題として、みずから黙って時の外に超越していた。

森が、次第に垂れ下がった、厚い、縫目のない、黒い、重い、夜の大きな翼の下に押されて、無理に上を向いて接吻している。風は、折々、抜足《ぬきあし》して、窓の外を通るように破れた障子の紙が、ひらひらと動いた。女は、疲れた目を撫でた。この時、幽《かす》かな泣声が、遠くの遠くから聞えて来る。

その泣声は、耳についている泣声である。死んだ子供の泣声である。たしかに森のかなた、白い花の咲いている木の下から起って、木と木の間を通り、藪を抜けてここまで聞えて来る。

忽《たちま》ち、泣声が止んだと思った。遠くの、遠くに耳を傾けていると小さな足音が、ぱたぱたとしてこちらに歩いて来た。足音はすぐ窓の近くに来て止った。風は、森がする吐息のように断続的に吹いている。しばらくすると、また幽《かす》かに遠くの遠くで、聞き覚えのある子供の泣声がした。その泣声は、白い花の咲いている木の下から起って、木と木の間を避け、藪から藪の間を抜けてここまで達して来る。やっとの思いで、この家を探して来たような哀れな泣声だ。また、その声は、ここまで辿って来るには力いっぱいの声であった。ここまで、辿って来てその人の耳に入れば、ぷつりと消えてしまう。次には、物言わぬ霊魂が、歩いて来る。

女は、始めてせなければならぬ仕事をそこに投げ捨てた。一種の怖しさに手が戦《おのの》いた。解《げ》し難き不可思議に身の毛が慄《ふる》えた。

なおも耳を傾げている。断続的に吹く風がやんで、天地がしんとすると、遠くから歩いて来る小さな足音。とぼとぼとあちらにさまよい、こちらにさまよいながら、ふと、窓近くなるとぷつりと止った。誰かが、家の内を覗いているらしい。立聞きをしているらしい。女は、一夜、泣声と足音に、苦しめられた。

薔薇色《ばらいろ》の、朝日の光りが、障子の破れ目から射し込んだ時、女は青い顔をして始めて、蘇生《よみがえ》った思いがした。早速、森に行って見た。白い花の咲いている木を目標《めじるし》に近づいて見ると夜の間に、何の獣か知らないが、地中から死骸を掘り出そうとして、地を掻いた爪の痕が付いている。頭の上では、黒い鳥が木に止って女のするさまを見下ろしていた。

女は、家に帰って、白い土器を持って来た。それを土に埋めて、中に水を入れ、上の白い花の枝を手折って挿《さ》して、うずくまって、神に死児の冥福《めいふく》を祈った。

頃は、初夏である。白い雲が、森の上に湧き出た。

編者 Profile
なみ
朗読家
写真家
虹色社 近代文学叢書 編集長

本作のご感想や執筆関連のお仕事のご依頼等は、
メールアドレス info@nanairosha.jp まで、
お待ちしております。

近代文学叢書Ⅰ　すぽっとらいと 月
2021年11月22日　第1刷発行

編集者　なみ
発行者　山口和男
発行所 / 印刷所 / 製本所　虹色社
〒169-0071 東京都新宿区戸塚町 1-102-5 江原ビル1階
電話　03（6302）1240

本文組版 / 編集 / 撮影　なみ

ISBN 978-4-909045-38-6
定価はカバーに表記しています。
乱丁本、落丁本はお取り替えいたします。